U0106511

# 前言

**土製漫畫 × 香港 ＝ 土製香港**

二〇一三年，我們出版了《土製香港》，當時邀請了十位土製插畫師描繪詮釋他們眼中的香港。他們的視線遊走於今昔，以銳利的眼光描畫這城這地的圖譜，有著眼於當下的潮流文化，有尋情於傳統的街巷小舖，有落力於虛擬的城市規劃，亦有憶想已消失的城市況味……流離的方向成為了深入細味的引章，原來這裡是可以這樣閱讀的。

**土製漫畫 × 傳統手藝 ＝ 土製手藝**

二〇一六年，我們再次找來十多位土製插畫師，以畫筆記錄漸趨式微的傳統手工藝。何謂之傳統，乃其擁有歷史文化的厚度，而手工藝則包含了手造工藝的傳承與改良，這跟時代發展與社會轉變有環環緊扣的關係。

香港曾經是一個漁港，漁民以出海捕魚為生，而有關捕魚的配套工業亦曾蓬勃發展，其中的漁網編織，當時每家漁民會就著捕魚方式而改良漁網的編織方法，故各門各家也有獨特的織網特色。這對現代人而言，實在難以想像。時移世易，從前的香港漁民已很難依靠捕魚為生，他們大多已轉行，子女並沒繼承而另謀發展。現在，他們會盡綿力在推廣漁民的歷史文化上用心。

搓蔴雀，是中國人傳統的聯誼社交活動，每逢家庭聚會例必有蔴雀恭候。從前，家中就有三副手雕蔴雀備用。書中訪問的湄姐，就是一間手雕蔴雀舖的第二代接班人，她也是現時香港僅存的幾位手雕蔴雀師傅之一。這間位於唐樓樓梯底的蔴雀舖，最早時，是以前舖後居的格局存在，但這種生活環境在不久後已成絕唱。環顧社會現況，湄姐表示現已沒有人願意學習這門手藝，因為這項工作費神耗心。再者，現代生活逼人，從事這門工藝也令人憂心能否應付生活。「如果你説我們這一行要

發揚光大，其實很困難，希望做得一年得一年。」她明言。

旗袍能展示女性的體態美，曾經是一代人的時裝。當年上海有很多旗袍師傅來了香港，為客人量身訂製舊上海的旗袍款式。那年頭市道興旺，師傅也十分風光；但現在，旗袍已不是生活的日常，多只在隆重場合或重要宴會才穿上。隨著時代推演，師傅可以如何回應時代的需要？有師傅會選擇在傳統的手工藝上，注入多元新穎的物料拼配，在款式上改良及加入創意；並與新晉設計師 crossover，在嶄新的意念與傳統的手藝之間遊刃，另闢新徑。

每一種傳統手工藝也是一門專業的藝術，存在價值毋庸置疑。每門獨有的手藝在時代巨輪滾踐下，終究會以何種方式苦撐／堅持／挺立／持守／傳承／重構／融合／開關，有待思索。十多位插畫師以對每種傳統手工藝的認識而後深入了解，透過他們獨特的視點切入，再利用文字及插畫為載體，描畫記錄這一時一地的一門藝術，情感真摯，細膩動人。

**土製漫畫 × XX ＝ 土製 XX**

集多人腦動創意總能湊拼出千變萬化的圖組。
唯望這條公式可以延續傳承下去。

# 目錄

味

# 港式奶茶

## 〔絲襪奶茶〕
## HONG KONG MILKTEA

圖／文：葉偉青

今年「奶茶」（Milk Tea）一詞被加進了《牛津詞典》。奶茶是香港人生活中的一部份，是香港人最地道的飲品。而我，超愛奶茶，每天至少要喝兩杯。

好的港式奶茶，茶要夠濃，奶也要夠濃，茶味要夠香，入口要幼滑，奶味不能掩蓋茶味，而且入口不能澀，還要有一種回甘味道。這才算一杯完美的港式奶茶。

## 〔茶〕＋〔奶〕＋〔水〕＝ MILKTEA。

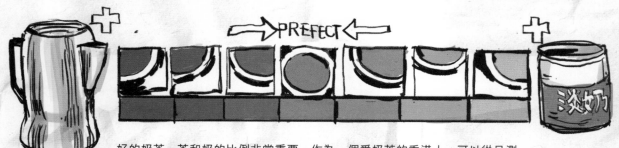

→PREFECT←

好的奶茶，茶和奶的比例非常重要，作為一個愛奶茶的香港人，可以從目測奶茶的色澤，大概估到奶茶比例是否完美。

# 容器

瓦杯　坑紋玻璃杯　坑紋膠杯　實色膠杯　金屬保溫杯

✓1　2　3　4

變奏　　　+　淡奶　+　　　⇒　奶茶

　　　　　+　淡奶　+　炸花奶　⇒　茶走

　　　+　咖啡　+　淡奶　+　　　⇒　鴛鴦

飲奶茶，去茶餐廳；要試最元祖的絲襪奶茶，當然要去歷史最悠久
的茶檔。於是找到了有半世紀歷史的「德如茶餐廳」。

「德如茶餐廳」由蘇老闆父母在一九六二年開店，至今從沒有離開原址。奶茶的味道也是由那時開始發展出來。蘇老闆是在退休後才接手茶餐廳，繼續把獨有家傳的奶茶味道延續下去。不同的茶餐廳的奶茶配方都是秘密，蘇老闆只透露所用紅茶有十多種，最主要的是印度和斯里蘭卡的紅茶，還有其他各種茶葉拼配而成，各取其香味、色澤和口感。

德如的奶茶特別香和滑，茶身不算太厚，有輕輕的回甘味。

淡奶

一定要用荷蘭製連囝黑白牌，50年不變。

10-20%
淡奶先落

「最重要是用心去做，每一杯茶都要用心去沖……不會像一些茶餐廳，只求快而多賺錢……」

大銅壺

人情味。

拉

絲襪

自家製,
用鉛來逼的。

蘇老闆跟其他奶茶師傅一樣,用大錫壺來沖茶,以白棉紗布袋作過濾網,網袋經紅茶浸泡,顏色由白色染成啡色,與絲襪非常相似,因此沖出的奶茶被稱為「絲襪奶茶」。

而這個白棉紗布袋不是買回來的,而是由蘇老闆九十二歲的母親用紗布一針一針縫出來的。直至現在也一樣。蘇老闆的濾網銅圈也是歷史產物,用了幾十年,現在已經買不到了。

一杯看似平平無奇的奶茶,其實滿載了蘇老闆一家的感情和歷史。

X10

誕生

拉大約10次,杯茶就夠滑。

END.

# 三個女人蒸菜粿

圖/文：李香蘭

居住在鄉村，自小婆婆都會在山邊採摘植物，用作食材製作茶點。長大後，才知道這是就地取材，配合天氣環境調節身體的養生食療，古老的智慧都是來自大自然。今次我們一起學整雞屎粿，以在炎夏中品嚐這清熱解毒的粿點。

1. 採摘路邊雞尿藤和頻婆葉；

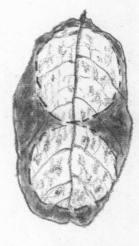

2. 把頻婆葉修剪為圓形或方形，備用（甲）；

3. 炒花生（約四分一碗）十分鐘，去衣打碎；

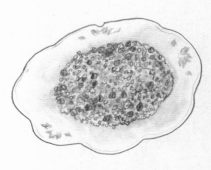

4. 加入少許黃糖及芝麻，作餡料備用（乙）；

5. 將雞尿藤葉洗淨後切絲，放入石磕中打碎加水（二分一碗），不用隔渣，備用（丙）；

6.（四分三碗）糯米粉溝
入部份備用（丙），搓成
小粉糰粒備用（丁）；

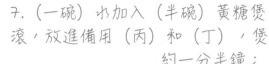
7.（一碗）水加入（半碗）黄糖煲
滾，放進備用（丙）和（丁），煲
約一分半鐘；

8.稍待兩分鐘，將已熟粉糰粒，慢慢
加入熱糖水和（四碗）糯米粉，繼續
搓揉成半生熟粉糰，以不粘手為佳；

9.捏小粉糰粒，做成多個小窩；
將備用（乙）餡料放進小粉窩中；
製作好略圓的雞屎藤粿，稍壓一下；
將粿下部沾少許生油貼在備用（甲）
的頻婆葉上（蒸後葉色仍是翠綠）；

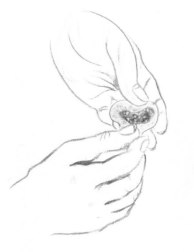

10.待水滾，蒸八
分鐘，煙靭雞屎
藤粿即成。

# 「長做長有」的荳品廠

圖／文：Coney Leung

## 工場實況

「做豆腐的時候不能想任何事情。」老闆說道。在工場一定要專注，否則容易出錯。特別是將滾燙的黃豆漿從大鑊轉移到大木桶裡的過程，需要格外集中，因為大鑊上煮滾的豆漿比沸騰的水溫度還要高。曾經有伙計不小心被熱得滾燙的黃豆漿淋到腳上，即時冒起水泡要馬上去看醫生。你要親身踏進工場裡，才能體會當中的熱力；幾台高溫的機器釋出蒸氣，瀰漫四周，即使開著電風扇，仍然相當悶熱。師傅拿著大勺子揮灑自如，純熟地把凝固了的豆腐一下接一下舀到豆腐板上，節奏性的大動作讓人目不暇給。完成一板豆腐，又鋪上布開始新的一板。一層一層的豆腐板從地面往上堆砌起來，冒著的煙也漸漸降溫。師傅們習慣穿上水靴工作，除了因為地板濕滑之外，也可以保護雙腳，減少被燙的機會。有的師傅製作時會帶上手套的，因為皮膚比較敏感的話，會容易受傷。

公和荳品廠是以半手工半機器的模式製作荳品，磨豆和隔渣的工序是電動的，其他工序則是人手製作。開業以來就保持這個做法。工場隨處可見形狀大小相若的方形木架和不銹鋼架，用來製作兩種不同質感的豆腐。前者是用來做板豆腐的，是公和出品最大量的荳品。後者則用來製作較軟的水豆腐，熱騰騰的豆漿在不銹鋼架裡凝固成模。因為耐用，很多製作用具都是用不銹鋼製成的。一些使用木造的工具則是為了它不傳熱的特質。店裡有個看似古董的大瓦缸，在老老舊舊的棕色上畫上龍圖案的紋樣，十分亮眼。老闆説那是始創人留下來的，原本有三個，用了好幾十年。可惜其他都打破了，現在只剩下最後一個，現在用來存放當天供應的豆腐花。

## 豆腐製作過程

### 1.

黃豆要泡在冷的水裡,浸泡時間需要視乎天氣和溫度而定。
天氣熱:提前四小時;
天氣冷:提前六至七小時。

### 2.

磨豆用機器,磨成漿。
(以前用石磨磨)

### 3.

放進分離機,將黃豆漿和荳渣分開。

**4.**

倒進大鑊裡煮滾

**5.**

「撞石膏」是將石膏粉開水，混合豆漿相撞，凝固成豆腐。

**6.**

用不銹鋼做的大勺子把凝固了的豆腐舀到豆腐板上，然後壓實，再反過來。

每次開新板都要鋪一塊布，以防漏出來。通常用麻質布，不能太疏或太密，破了就要換新的。

一九五〇年代初，公和荳品廠在旺角廣東道開店，後來那一帶重建便搬遷到深水埗。以前深水埗有個過海的渡輪碼頭，人流非常多。直到二十年前，始創人移民海外把店讓出來，才吸引了蘇先生注意。蘇先生從小就對飲食行業有興趣，當時他跟店裡的師傅學習，很快就上手了，之後更接手經營，最終成了深水埗店的老闆。

公和荳品廠在深水埗北河街，被一堆小攤檔遮擋著。幾十年來，深水埗的風景改變了許多，荳品廠卻保留了最原始的裝潢。抬頭可見「公和荳品廠」五隻大紅色粗體字掛在紅白色小磚牆上。走進食堂的正中央也掛著相同字體的「公和」二字。字的上方是天秤圖案寫著的「政府商標」圓形黑底標誌牌，下方則掛著時鐘。店裡沒有空調，炎熱天氣全靠頭上的舊式天花吊扇和很多台藍色扇葉電風扇。上望可見店舖有綠色鐵框包圍的閣樓，原來那是員工小睡或休息的地方。畢竟荳品廠預備食材的工序很費時，店員作息時間不一，有地方供歇歇也是好的。工廠裡負責製作的員工分兩個時段工作，有的從凌晨一點到早上六點，有的從早上八點到下午一點。

每次走進這六十年的老店，總讓人不期然想像自己是那年代的香港人，在下了渡輪後，從碼頭穿過人群匆匆走來，點一碗凍豆腐花爽一爽。

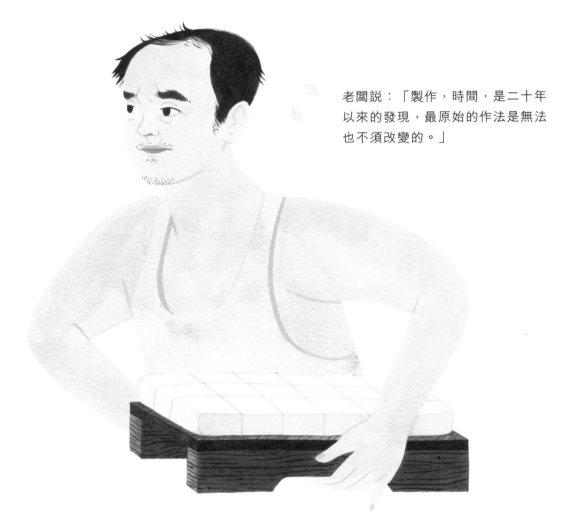

老闆説：「製作，時間，是二十年以來的發現，最原始的作法是無法也不須改變的。」

「我不吃豆腐，常常看著怎會吃？」老闆説了一句讓人意想不到的話。豆腐店的老闆，竟然不吃豆腐。不過當他路過其他同行的食店，也會抱著好奇心去嘗試新口味。他並不為此憂慮，繼續保持與世無爭的心態，也不認為要配合潮流，為追求新鮮感而改變。老闆似乎清楚了解，人們光顧公和正正是欣賞他對傳統做法的堅持。其實，也多得一些本土文化推廣的活動，以及網絡上的熱烈推薦，讓公和荳品廠贏得一定的知名度，令近年來多了很多遊客光顧。許多成名的特色小店總是趁機漲價，食物的份量卻縮水。老闆用平淡的口吻説，他只希望「長做長有」，客人們「今次幫襯完下次再來幫襯」。他又表示，從事這個行業是理想，雖然累但不算辛苦，最享受就是在工場製作豆腐的過程。

老闆説沒想過轉行，反而就想過何時退休。但是女兒對經營荳品廠沒有興趣，也還沒有接班人。字裡行間聽出老闆對公和荳品廠的未來有一點點擔憂。他説這是「厭惡行業」，很少人入行，年輕人對飲食行業感興趣，也寧願去酒店當廚師。

在荳品工場做事一年四季都很熱，每天對著爐頭和滾熱的豆漿，並不容易。話雖如此，卻見老闆樂在其中。他做豆腐的時候很專注，不會聽歌，不聊天，更不會發呆。工作認真踏實，生活規律但並不無趣。「夜晚收工十點回到家吃飯，十點半開電視睇韓劇！你不覺得韓國演員演技一流嗎？」一臉正經的老闆，竟然是個韓劇迷。老闆是個懂生活的人，從簡單生活中找尋樂趣。除了堅持理想，賺錢養家，每年過新年都會離港外遊看看世界。老闆還透露正在計劃明年過年「同二十幾個伙計去日本大阪旅行」。店裡每位店員總是木無表情，但只要交談過就知道他們大都是態度認真、個性隨和的人，只是被熱氣燻得笑不出來罷了。老闆説這行業流動性很低，一半以上是合作十年以上的老伙計；而這間「長做長有」的荳品店背後，就有這一群努力又執著的老伙計在支撐。這樣的一家傳統老店，絕對值得一去再去。

# CROISSANT 的故事

圖/文：
Loky Phoenix

Croissant，原為 Viennoiserie，源自奧地利，原是在修道院慶祝後齋戒時的食物，當時由普通的粉糰烤製而成，並未有酥皮。其形狀的由來，據說是土耳其軍於一六八三年打算深夜攻打奧地利，在他們潛入一條通往奧地利的隧道時，被早起烤麵包的麵包師們發現，麵包師們敲響了警鐘，土耳其軍的陰謀隨即敗露並撤軍。為了紀念這次勝利及這些麵包師們的功勞，遂把 Viennoiserie 的形狀做成牛角形狀，是為奧斯曼帝國旗幟的月形標誌。

直至一七七〇年，瑪麗皇后 (Marie Antoinette) 嫁給路易十六 (Louis XVI) 時再把 Viennoiserie 傳到法國。一八六三年，Croissant 首次被記載於字典中；並於一八九一年，被編寫出第一份食譜，雖做法與現今有出入，但歷經幾十年的演變，Croissant 於一九二〇年至一九三八年間正式定型。

據說 Croissant 的製法是源於一個錯誤：
十九世紀初期，一位大意的糕點師忘了在麵糰中混入牛油，遂把牛油就這樣搓回到已經發酵的麵糰去，兩者並沒有如他所想般混合起來，牛油把粉糰逐層分隔開，意想不到地焗出了一層又一層香脆的酥皮，成了今天在法國橫街大巷都可以買到的牛角形或長筒形、充滿著牛油香、吃起來外酥內軟的法式包點。Croissant，自此成為法國人生活密不可分的一部份，以及成了餐點的標誌！

Austria

France

Turkey

— Pâtisserie à la Carte —
9, rue Thimonnier, 75009 Paris

# Séverine Nobis 法國人 Pâtissier

來自法國小鎮 Menucourt 的 Séverine 有別於一般小孩，沒有整天把玩玩偶，卻喜愛流連於家中的廚房。由收到父母送給她的糕點製作用具開始，她便對製作傳統糕點產生了濃厚的興趣。但在三、四十年前的法國社會裡，進出廚房是男人的權利，完成高中後的 Séverine，打算進入廚藝學校的想法還未實行便被父親大力反對。

之後她在平面設計公司工作了十七年，由助理設計到藝術總監，由單身一人到有了家庭子女。許多年過去後，某天與孩子在家中的廚房製作糕點時，突然重燃了想成為糕點師的希望，便毅然辭去了高薪厚職的工作，去了廚藝學校修讀了兩年的文憑課程。雖然找到了在 Pâtisserie[1] 的工作，可惜身體狀況已大不如前，根本接受不了過於粗重的勞動工作。

雖然帶著失望，卻未氣餒，與丈夫商討過後，便資開了一間 Pâtisserie 的 Atelier「Pâtisserie à la carte」，由裝修、找店舖及教學也一手包辦。

對 Séverine 而言，讓更多人了解法國傳統糕點的製作方法，是她所關心的。她只選擇了幾種比較傳統的糕點作教學，如 Macaron、Croissant、La Pâte Feuilletée、Cours de Pâte à choux、Éclair Pâtisserie 等等，製作盡量不使用機器，多以人手製作。

[1] Pâtisserie：法國賣甜點的地方
賣包點的，就叫 Boulanger.

**STEP 1**

**STEP 2**

**STEP**

Melted butter

Firm & Dried Butter 150g

Flour ← 250g

材料

STEP

Egg 25g  Yeast 10g  Salt 5g  Sugar 30g

Step 1
Ⓐ 把酵母溶到牛奶去
Ⓑ 把麵粉、鹽及糖混和
・把 Ⓐ 倒進 Ⓑ，加雞蛋
及牛油
・用雙手搓至粉糰成形
・用保鮮紙包著放於 溫度 25℃-30℃
讓其發酵

Step 2
・把硬牛油放於室溫一會使其軟
身,用木棒敲打至扁平的正方
形。*底下可放一張牛油紙,方便拿起。

STEP 3
把 STEP 1 的粉糰擀開至 A3
左右的尺寸, 放上 STEP 2 扁身的牛
油。

STEP 4   +   STEP 5
從左、右、上下把牛油包
起來,用木棒把粉糰慢慢
推開,推開至厚度 1cm 左右,
長長的形狀方便由上及下再

對摺
・用保鮮
30分鐘
最後形

STEP 6.

STEP 5

EP 4.

STEP 7

Done!
完成!

STEP 7

- 由尖矢開始捲起來
  成這樣
- 在25°C~30°C度下發酵30分鐘
- 再置於室溫15分鐘
- Pre-heat 焗爐至175°C
- 把難蛋液塗在粉糰,使更烤出
  漂亮的金黃色。
- 放到大焗爐 12~15分鐘
- 即成!

到雪櫃(5℃)
其發酵。
有點像
一本書

STEP 6.
- 把粉糰(已混進牛油)攤平
  像一個長方形,用力切出這樣
  的形狀。→ ①②③④⑤⑥⑦⑧ 有8個

紋身

廣彩

手寫膠牌

招牌師傅

快樂的活版
印刷

SCREEN
PRINT
的故事

紋身

圖／文：畢奇

拜師學藝

訪問 InkTattooStudio 的 Jan Kwok，原來他成為紋身師之前是從事設計的，所以一直都有畫畫。Jan 説：「有些年輕人以為不懂畫畫也可以成為紋身師傅，其實紋身師是很需要畫畫底子、畫畫技巧的。在一次找師傅紋身後開始對這個行業產生興趣，所以就在網上找關於這行業的資料。所有紋身師都是學徒出身，找自己欣賞、喜歡的紋身師跟他學習。一開始是在人造皮上作練習，到師傅滿意的時候會開始為客人操刀。在香港做了四年的紋身師，覺得自己好像卡住了，不論在技巧或創意上都覺得停滯不前，所以決定到北京拜師深造。選擇北京除了是因為欣賞的師傅外，也因為北京是一個充滿文化色彩和傳統工藝十分出色的地方。在短短一個月的學習中，覺得自己真的開竅了，在技巧和概念上均是，也因為這趟旅程讓我找到了自己的方向，在香港的紋身界樹立了自己的風格。」

紋
身
步
驟

第一步會先跟客人見面談談，了解他想要的紋身設計。與客人的溝通很重要，
因為紋身是抹不掉的，所以必須充份了解客人的想法再加入紋身師的專業意見。
下一步就是設計，客人看了設計圖，覺得滿意後就可以開始紋身。一般小的紋
身需要大概二至四小時，面積比較大的要分幾天完成。

# 個人風格

Jan 說:「找我的客人通常都是因為喜歡我的風格。」有自己創作風格的紋身師一般價格都會比沒有風格的貴,因為他們會為客人設計一個獨一無二的紋身圖。對Jan 來說,紋身的意義在於它的永恆性。這個世界沒有什麼東西是永恆的,而紋身卻是抹不掉的、而且需要經歷痛楚。作為一個紋身師,要有耐性、責任心,紋身師對客人的身體負著很大的責任,所以心態一定要正路、認真,不可以草率,好的紋身師一定要有修為。

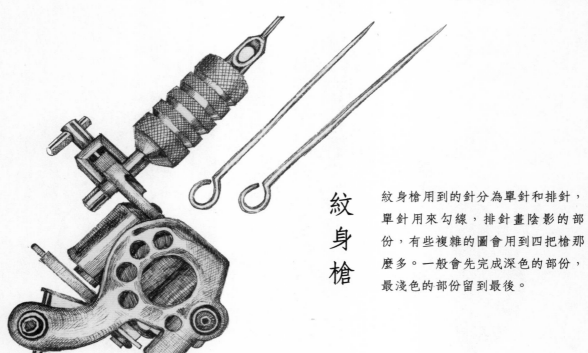

# 紋身槍

紋身槍用到的針分為單針和排針,單針用來勾線,排針畫陰影的部份,有些複雜的圖會用到四把槍那麼多。一般會先完成深色的部份,最淺色的部份留到最後。

Jan 的紋身設計

# 廣彩

圖／文：by kila cheung

一)
廣彩，正名是「廣州釉上彩瓷」，
已有三百年歷史。因為其深受
歐美的達官貴族喜愛，所
以外號「外銷瓷」。

彩繪瓷器

粵東
磁廠

YUET TUNG
CHINA WORKS
HAND PAINTED PORCELAIN

二)
這間在九龍灣的「粵東磁廠」，也快有九十年歷史了。
磁廠老闆曹先生對廣彩歷史所知甚廣，也樂於與人
交流。廠內瓷器堆得滿滿的，目不暇給，在這裡
尋寶絕對是一件趣事。俗語有云：「家有一老，如有一寶。」
在這瓷器堆中，我們也找到了在這裡工作了四十多年的
一寶——譚老師傅。

三)
譚老師傅已七十三歲了，一九六二年從廣州來到香港，一開始是
在酒舖裡賣酒的；七十年代，經磁廠大老闆介紹入行，
一開始由打雜做起，花了四、五年時間，開始可以獨當一面。
他說：「七十至八十年代是廣彩的黃金期，一間磁廠有七、八十
人同時工作，午飯時，磁廠會有伙頭煮『大鑊飯』給大家
吃，熱鬧非常。」

四)
譚老師傅為人隨和，沒什麼
野心，早上八時半上班，三
點下午茶，五點左右下班。
這是一種生活的自在。

五)
廣彩是以碗碟餐具為主，我覺得它最有趣的地方是，瓷器上
的圖案本來都是很中式的，但往往在瓷器中間會出現一些歐
洲貴族的徽章。原來廣彩深受歐美達官貴族歡迎，所以
他們時常會來訂製屬於家族專用的瓷餐具。由於有了龐大的
出口量，譚老師傅說：「當年人工是很不錯的。」

六)
廣彩是釉上彩，是在已燒成形的白瓷上創作。
譚老師傅說，他製作量產廣彩瓷具時會：

1 先用毛筆墨汁在玉扣紙上起稿；

2 將稿件轉化成海綿膠印，將構圖線條印在白瓷上；

3 再在構圖線條上以人手上色；

4 最後放置在燒爐內，以八百度燒七小時左右便完成。

七)
廣彩常用到礦物顏料，顏色通透。

八)
譚老師傅繪畫時會用毛筆，如何可以畫圓時圓及線條粗幼一致，就要看功力了。

九)
隨著美國對廣彩實施進口限制,廣彩工業開始下滑,來到現在已成為了夕陽工業。

譚老師傅說:「因為『搵唔到食』,也沒什麼人入行。但為興趣來學的年輕人倒有一些。」

直到現在,譚老師傅還有繼續製作廣彩作品,他說要畫到畫唔到才退休!

# 手寫膠牌

圖／文：Pen So

每次乘坐「紅Van」，大家一定會留意擋風玻璃後面的一塊刻上紅藍色毛筆字樣的白色膠牌，它就是小巴的目的地牌。最早期的路線牌是以紙牌製成，後期改用手寫字PVC膠牌，因為PVC夠薄容易透光，車內乘客都能見到膠牌上的字。膠牌的字是要用瓷油寫的，乾透後可維持厚度令字體清晰，字會分紅藍兩色，紅字是終點站，英文字及中途站則會用藍色。由於手寫字始終生產較慢，應付不了需求量，為提高產量和解決手寫字易褪色問題，膠牌逐漸改用絲印字，不久轉為雕刻機製作，近年更改為內地工廠生產，而手寫膠牌也成歷史了。

最早期紙牌上的字是託街市小販寫，所以價錢都會用花碼字。
到現在八十後的年輕人應該不懂，故已全部統一用阿拉伯數目
字。二十年前小巴價錢牌價錢會出現80元、90元，但現在已經很
少見這樣貴的價錢。原因是以前如果有十號颱風，巴士停駛，的
士車資太貴，小巴司機見有利可圖，會立即加價接客。

招牌師傅

圖/文:: Miloza Ma

經友人介紹

製作招牌(超過)二十年

入行經過

曙

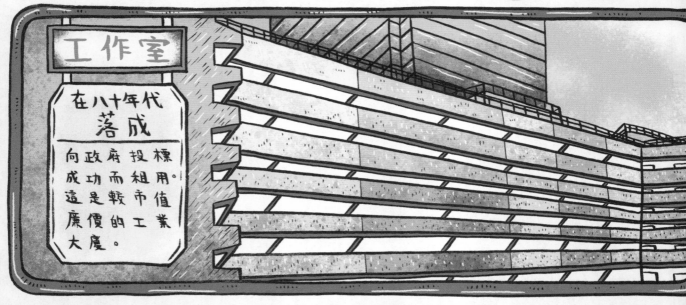

工作室

在八十年代
落成

向政府投標組用。成功而租市值較廉價的工業大廈。這是廣告。

主要工作

美工

[近年興起]
-裱貼噴畫
-廣告
-展覽

安裝

-在大陸訂製招牌及配件
-於香港安裝完成招牌

製作

-從前在香港製作招牌
-現在大多數也於大陸訂造。

由學徒做起，晉級稱為補師，最後老闆認可便能成為師傅。

# 招牌歷史

自香港開埠以來，打開門做生意的店鋪均需要打造招牌。這算是做生意中最重要的前菜，是不可或缺的一部份。

早期科技還沒發達的時候，主要以木及石塊為原料，再加上雕刻技法打造招牌。

物料

木塊　周佳

石塊　刻

而早期的字體書寫會找街檔伯伯。

選定字款，寫在紙上，然後放大用筆勾畫，最後雕刻。

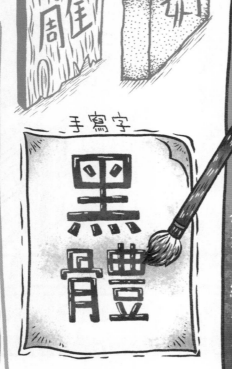

手寫字

黑體

時至今天，物料種類千變萬化。

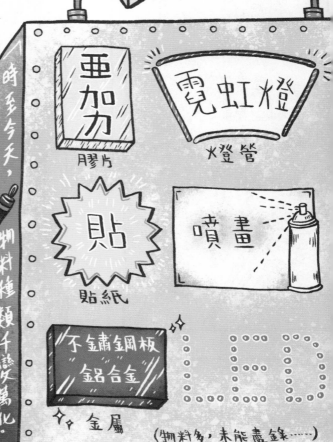

亞加力　膠片

霓虹燈　燈管

貼　貼紙

噴畫

不鏽鋼板　鋁合金　金屬

（物料多，未能盡錄……）

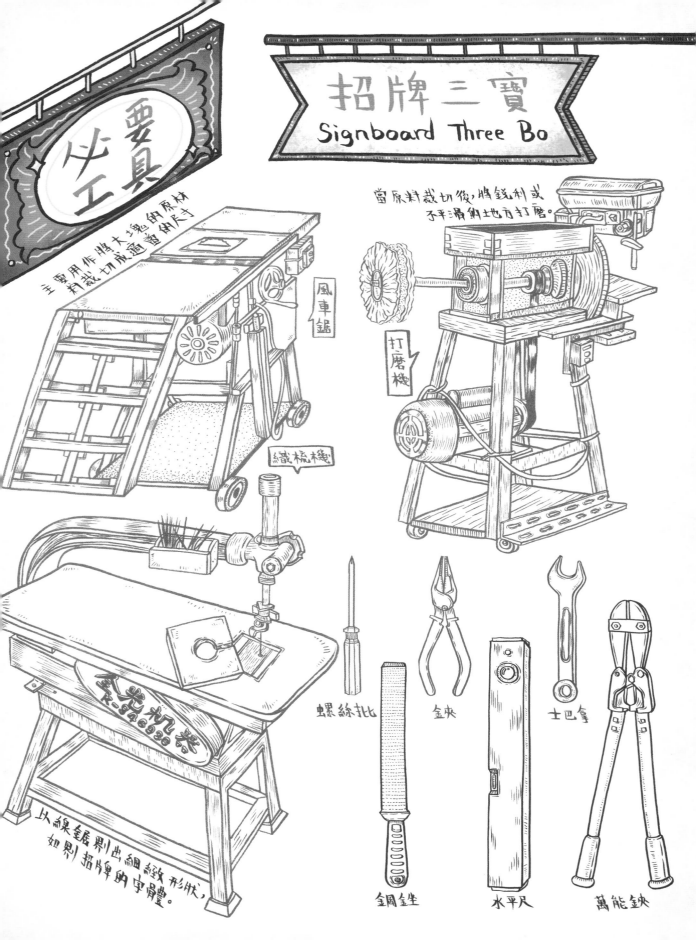

招牌三寶
Signboard Three Bo

主要工具

當原料裁切後,將銳利或不平滑的地方打磨。

風車鋸

主要用作將大塊鋼或原材料裁切成適當的尺寸

打磨機

織梳機

以線鋸剔出細緻形狀,如剔招牌的字骨體。

螺絲批　　金夾　　　　士巴拿

鋼銼　　　水平尺　　萬能鉸

客戶溝通

**1.** 收到設計圖

**2.** 洽談

與設計師溝通製作方法及用

**3.** 如招牌設計圖涉及室外，便需要入則。

室外招牌 → 入則　批✓核

**4.** 招牌生產線

將招牌的不同部份的組件找合適的工廠製造生產

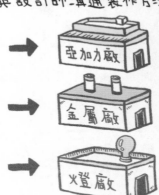

→ 亞加力廠
→ 金屬廠
→ 燈廠

安裝

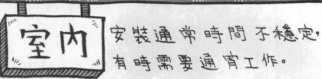

室內　安裝通常時間不穩定，有時需要通宵工作。

• 室內招牌用料也較彈性，製作及設計也可多元化一點。

室外

• 室外招牌用料要耐曬、防腐。

• 招牌於室外沒有高度規限，入則批核後就能安裝。

外牆★招牌

如不太高的招牌可用吊臂牌可用到吊臂車進行安裝。

有時需搭棚安

在這行工作二十多年，對這行業的想法是擁有一門手藝，餓不死也不富貴。問到他喜歡這行業嗎？他笑說不喜歡，但無奈的是他既是師傅也身兼老闆，能不幹麼？

但他也慶幸入行，至少一九一年適逢社會起飛經濟發達，邊學邊做，唔怕失業。而最辛苦的時候莫過於四天通頂換招牌，這是他最深刻的經歷。

對曙師傅來說，最感觸的是這行業日漸式微。現在願意入行的人已不多了。

九一年

Miloza Ma

# 快樂的活版印刷

圖/文：Coney Leung

活版印刷過程：

## 1.

客人在紙上手繪設計或提供現有的設計

## 2.

關伯就會按照設計，在鐵板上用字粒排版（也可以用萬用電板），利用瓜打做出空格、鉛片調整行距，來把空隙填滿，然後再用鎖緊扣固定位置。

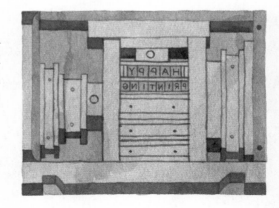 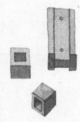

## 3.

選紙、裁紙、選墨和調色

4.

把紙放到活版印刷機上，然後將活版豎立放置好，上了墨就可以開始印刷。

印好後裁成客人要求的尺寸，然後訂裝。

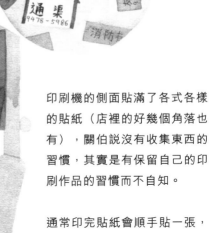

印刷機的側面貼滿了各式各樣的貼紙（店裡的好幾個角落也有），關伯說沒有收集東西的習慣，其實是有保留自己的印刷作品的習慣而不自知。

通常印完貼紙會順手貼一張，他說是因為客戶有時候會打電話來加印，所以要保留備份，也可作為其他客戶的參考。

## 關於印刷機器

德國製「海底堡」的活版印刷機是在一九七七年二手購入的，價值三萬元，當時這個數目已經可以在香港買半層樓了。這台機器運作至今仍然性能良好。每次換顏色或印刷完畢，都會用火水清擦乾淨。

「活版印刷這行頭以前是很大的。」關伯回憶著。小時候聽大人們說，必須學一門手藝，於是十五歲就決定去學習活版印刷的技術。五十年代，出門打工在店裡吃住，能為家裡減輕一點負擔便很好了。學師十年多，直到一九七〇年才開創自己的印刷事業。屹立在大角咀博文街的「快樂印刷」也快四十年了。

「這附近曾經是海啊！」關伯告訴我。很多人或許並不知道，大角咀以前有個碼頭有渡輪可往返中環的。而關伯當年正是為此在大角咀開店。中、上環有好幾家鑄字廠，專門用模鑄出各式各樣的字粒，並放滿整家店舖。以前要買字粒，要乘坐渡輪過海到中環。關伯有時候去砵甸乍街，有時候去威靈頓街，一買便買十多顆一樣的字粒。關伯說，電腦還沒普及的時候，在一九八五至一九九五年那十年之間，香港實在是很繁榮，印刷生意也大紅大紫。直到大概二十年前，電腦取代了很多印刷品，關伯察覺到活版印刷這個行業要絕跡了。以前任何行業的客人都有，後來範圍愈來愈窄，現在只剩下五金舖、雞鴨檔等，還會用手寫收據的店舖依然光顧。偶爾或會有新客戶想印活版，希望追求那獨特的凹凸質感，但香港的鑄字廠早已逐一倒閉了，買不到字粒。而字粒的壽命也很有限，一顆字粒印三萬張紙就會被磨蝕。一顆新和一顆舊的一起印也不好看。以前的公司是很講究的，他們都會要求重新買字粒。現在由於字粒已沒得補充還一直壞掉，店裡的字粒數量只會愈來愈少。面對字粒被淘汰，關伯於是買入柯式印刷機（Offset Printer）。

問到活版印刷的製作過程，關伯簡單介紹後又說了一句，「好簡單的，沒什麼技術可言。」然後，他又繼續解釋了許多複雜的程序和細節，例如混色、紙質、紙的厚度及排版方式等。累積了接近六十年的經驗，這些對於關伯而言簡單不過。以為關伯必定對這傳統的印刷工藝有獨特的體會，關伯卻說現在的印刷技術更好。從小接觸活版印刷，直到現在仍在同一個行業，關伯表示從來沒想過轉行，也不覺得無聊。他笑著說：「敬業樂業吧！」關伯站在店裡被印刷機、用具、一疊疊的紙張和密密麻麻的字粒包圍著，他習慣扭開收音機收聽電台廣播作娛樂，午餐也是關太在店裡用電飯煲煮食。夫妻二人就是這樣每天都在店裡，培養著工作和生活上的默契。關伯在每一個角落都能找到有趣的物品，然後便滔滔不絕的說著背後的每一個小故事。關伯的態度很瀟灑，輕描淡寫的訴說著從前。只是在他說到退休時，才坦承害怕不做事會有失落感，所以「幾大都唔退休！」

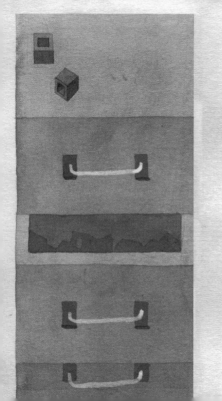

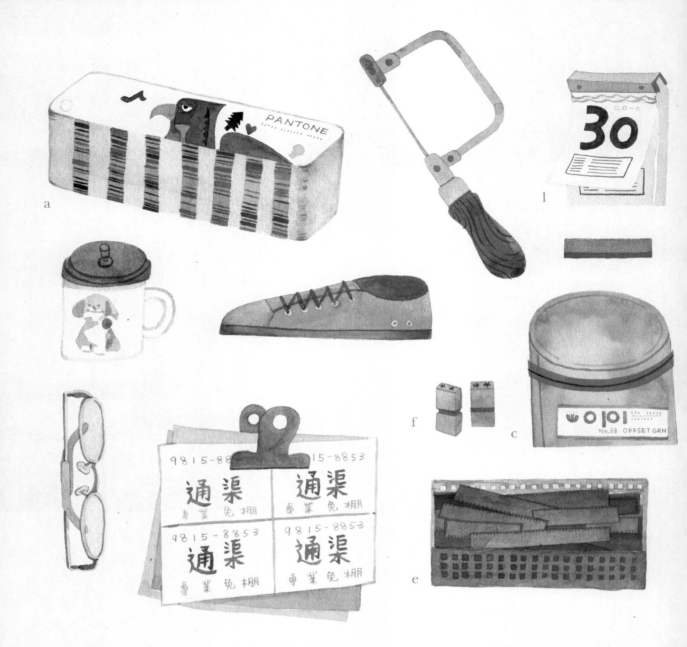

## a. Pantone色版

上面有鳥類插畫的Pantone色版是九十年代出版的版本。客人會參考色卡選色。若大量印刷的話，印刷店才會去訂購特別顏色的墨，一般少量印刷會用基本色慢慢調色，比如用紅和黃調成獨特的橘色。但是每一種紙質都不同，例如滑面的比較不上色，就會顯得比較淺色，要先印出來測試再作調整。很多因素都會改變顏色的呈現，需要花時間摸索和汲取經驗。

## b. 瓜打（Quad 的譯音）

有不同的大小尺寸，作用是用來分隔字與字之間的距離。比字粒矮，印不到的。

## c. 日本出產的圓罐裝油墨

店裡陳列著一罐一罐的日本圓罐裝油墨，活版印刷和柯式印刷都是用一樣的油墨。店裡只儲備最基本的顏色油墨，如黑色、紅色、藍色等。關伯會按照客人的需要調校出最接近的獨特混色。油墨可以用火水擦洗乾淨。

## d. 尼龍繩

排版的時候，會用尼龍繩綁住字粒以固定在鐵板上的位置，還沒放上印刷機的時候，也會綁著以防其中某部份掉下便前功盡廢。紅紅綠綠的尼龍繩球是中式的材料，外國比較常用的是較幼細的麻線。

## e. 虛線

配合紙的厚度，調整機器的壓力，活版印刷可以印出凹凸的質感，還可以壓出虛線供人撕下。這特質用來印收據就最完美。

## f. 字粒

中文繁體字粒有七種大小尺寸。關太調皮的拿出幾顆一模一樣小尺寸的花形字粒，她説以前沒有電腦的時候，要裝飾的花邊就只好這樣一顆一顆的排成線。

## g. 鉛片

有不同的長短尺寸，作用是用來隔行距的。其實就是鉛筆的筆芯。

## h. 號碼輪

號碼輪是非常有趣的發明，只要放進活版上配合印刷機，就能自動印出順序的號碼，每印一張號碼輪會自動加一，適用於收據等需要編號的印刷品，十分方便。號碼輪會印上號碼的簡稱——「No」，接著是六位數字的編號。

## i. 歷年來印刷的卡片

跟貼紙一樣，關伯把歷年來印過的卡片都會留下當備份，用橡皮筋綁在一起一疊疊的放在角落。關伯笑說：「如果會用電腦就簡單多了！」

## j. 鑄字廠的樣本小書

每家鑄字廠會提供售賣的字粒的印刷樣本，關伯收藏的這本是來自曾經在中環卑利街上的店的樣本。樣本裡面印有不同字體、不同大小的繁體字、英文字，就連日文字也有。翻到後面，還有花邊和特別的符號樣本。樣本小書每一頁都不完整。

關伯尷尬地笑說，這樣本「甩頭甩骨」。關太的聲音從後面傳來，說著「這樣才特別啊！」其實是因為以前只要選上哪一個字，印刷店就會剪出來帶去鑄字廠購買。

## k. 電板／萬用板

用來印表格的，A公司排好印好後，若B公司適合，標題換一下就可以了。

此外，也可以用排板的方式排成表格，以銅片畫線。其中電板比較方便，容易使用。

## l. 日曆、月曆和時鐘

快樂印刷店裡，將日曆、月曆和時鐘掛在顯眼的位置，可見時間觀念的重要！畢竟要製作成千上萬的印刷品，在訂單重疊時，工序會變得非常複雜，必須有良好的時間管理和效率，才可以把每一份成品準時又完美的交給顧客。

# SCREEN PRINT 的故事

圖/文：
Loky Phoenix

絲網印刷約於二千年前左右起源於中國，是孔版印刷的一種，原理是透過擠壓把顏料由網版上的孔洞擠到想印刷的承印物件上（如紙張、玻璃、布料及陶瓷等等），形成圖像或文字。

在十八世紀末左右，有關絲網印刷的技術開始由中國傳到歐洲，但並未被廣泛使用，原因為做絲網的材料並未於經貿上普及。在二十世紀，絲網印刷的技術被不斷改良，其圖像之變化愈來愈多，顏色較以往的豐持久，形狀（平面及立體）及物料（紙張、膠面或布料等）亦不被規範。在三十年代，部份藝術家開始使用絲網印刷來創作，他們為其創造了一個新的名字：「Serigraph」，以拉丁文：「sericum」（絲綢）

及希臘文「Graphein」（寫及畫）拼湊起來。早期較出名的 silkscreen 藝術家包括：Corita Kent（1918-1986）、Andy Warhol（1928-1987）及 Harry Gottlieb（1895-1992）。

經過一代一代的演化，絲網印刷已經成了生活不可或缺的一部份。

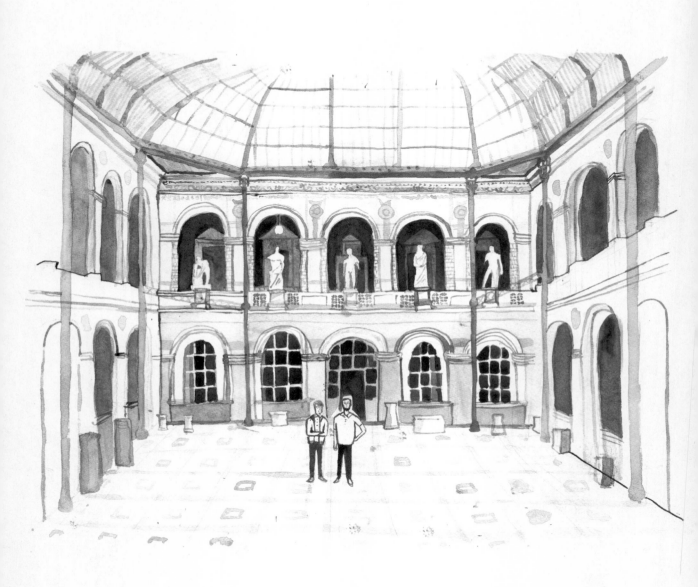

# SIMON BERNHEIM 與 JULIEN SIRJACQ AKA

## 法國絲綱印刷藝術家

Julien 在巴黎的 École Nationale Supérieure des beaux arts 教授絲綢印刷，而 Simon 則從事有關音樂及設計的工作。

學生時代，他們於 École Nationale Supérieure des beaux arts 美術學院 認識，至二OO九年，決定一起創作，成立了「The Bells Angels」。開始時，他們自資做了幾本 booklets，如 The Bells Angels no. 1/2/3/4, etc... 由於其獨特的印刷技巧及平面設計，找他們做設計的人也愈來愈多，他們多與音樂人及藝術家合作，設計黑膠唱片封套。近幾年，他們開始有自己的展覽。

The Bells Angels. 的設計，摒棄了高科技的軟件及機械，多以舊式印刷機——粗糙、易出錯誤及像素低的特性，運用自己的雙手以撕貼、錯位、塗改及誤植等等的技巧去創造出混合了新舊思維元素的嶄新設計。由於特意地做出缺陷美，他們的作品使人感覺更人性化。

STEP 2 用描圖紙（半透明）印出
想要的圖案（黑白!）。把塗上感光
劑的絲網框放在描圖紙上面。蓋
上 Ⓐ 曬網機，可自由調節「時間」
及溫度，建議在初期可多試不同
組合而找出適合自己的效果。
普通的效果需時四分鐘左右。

他們在牆上貼了
很多從書影印出
來的效果
圖！

Ⓐ 曬網機

材料：

絲網

ACRYIC
(colour)

網框

STEP 1

把絲網
的四邊小心
翼翼釘好，防止
絲網有皺紋。
然後把 Photo Emulsion
(感光劑) 塗上
絲網。

Ⓒ 印刷

STEP 3 謹記曬完網之後的圖像會是描圖紙的對立面，在製圖時要留意！曬完網後在 B 沖洗，水會沖走某部份的感光劑，剩下的便是本來設計的圖案！結後放下待乾。

STEP 4 乾了後便可上 C 印刷檯，調校至適合你的畫框的尺寸後，便可把紙放在下方，畫框放在上方，平均鋪上想要的顏色，便可拉動刮刀……掃……顏料透過絲網的孔洞，擠到畫紙上，形成圖案。

B 沖洗檯

STEP 5 印好後逐張放在 D 晾乾架上，小心別把顏料印在另一張紙上。

THE HIDDEN WORLD JIM SHAW No.1

The HIDDEN WORLD Jim Shaw No.1

STEP 6 印過的絲網可用水沖洗再重新使用

D 晾乾架

線面媽媽

旗袍

花鈕

繡花鞋

圖/文：*dirty paper*

# 線面媽媽

線面，一種傳統的美容工藝，是古時
去除面毛的技巧。古時女子一生
至少線面一次，並在出嫁之日
以線面作為開面儀式，除了讓
新娘更美麗動人外，更有帶來好
運的吉祥之意。大多線面師小時
候也是由母親線面的，手藝就是
一代傳一代，一直流傳至今。

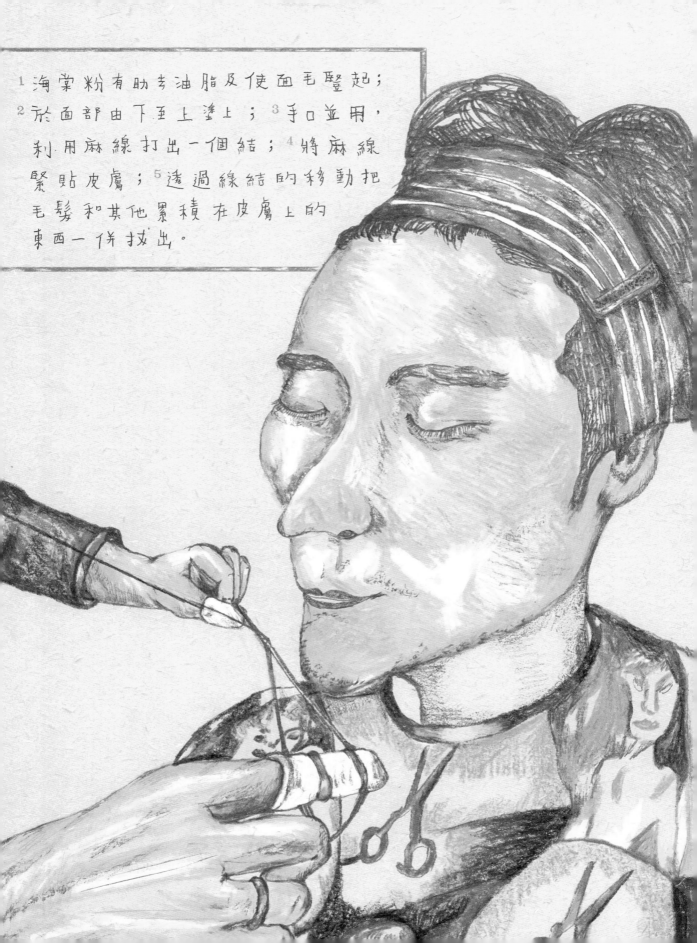

1 海棠粉有助去油脂及使面毛豎起；
2 於面部由下至上塗上；3 手口並用，
利用麻線打出一個結；4 將麻線
緊貼皮膚；5 透過線結的移動把
毛髮和其他累積在皮膚上的
東西一併拔出。

## 鏡子

讓客人照照鏡

## 價目表

修眉、脫腳毛、脫疣粒收費是不同的

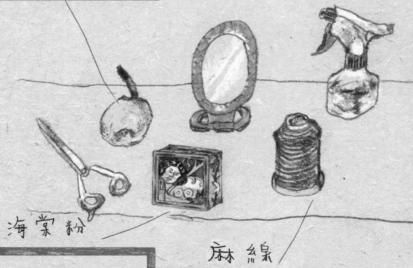

古法美白線面

以綠脫疣粒　線腋毛除汗　天然線唇毛　修眉造型　美白線面毛

## 梨

休息時要吃一個

## 海棠粉

老顧客都會有自己的一盒，以數字作記號。

## 麻線

過程中麻線可能會被扯斷，線面師都會帶一卷在身上。

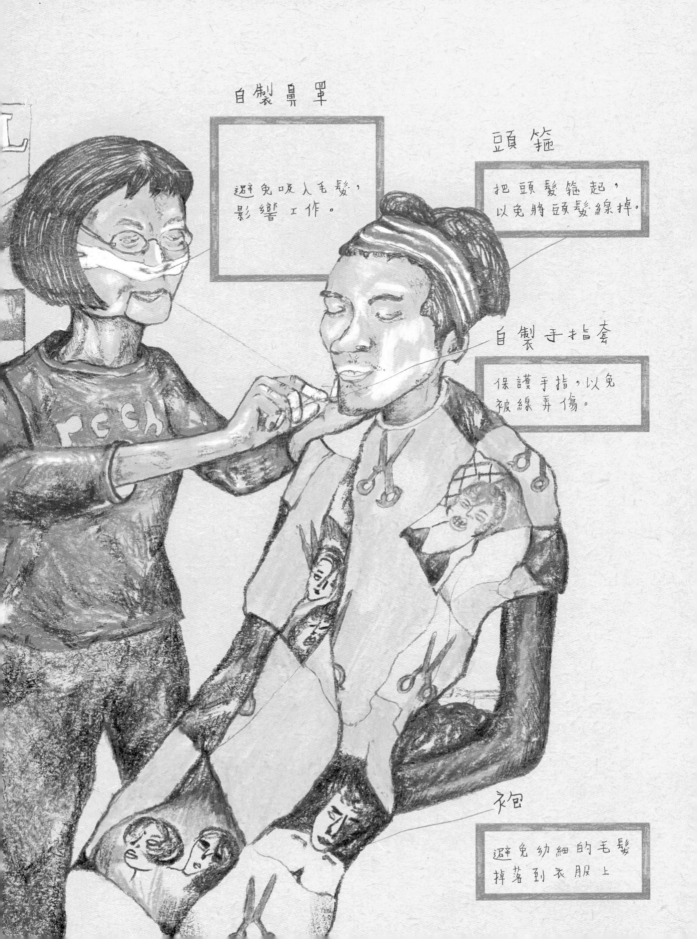

# 旗袍

圖／文⋯畢奇

## 剪刀

這一把剪刀，也相當歷史悠久，上面寫著12，代表十二寸，那為什麼經量度後發現現在的只有十一寸多呢？這是因為用得久了，剪刀磨著磨著，便愈磨愈短，二十年後可能只剩十寸。

## 模特兒公仔

這個小小的三十六碼模特兒公仔別具價值，也差不多有五十年歷史了。它是其中一個師傅送給我的，主要是用來量度，旗袍做好後會讓客人來第一次試身。

## 熨衫板

這裡有一大一小的熨衫板，大的用來熨衫身，小的用來熨袖子。有了這個工具，熨起來旗袍是圓滑的，線條便不會死板。

這是鈒骨機，現代做衫才出現鈒骨，防止它「散口」。以前沒有這些鈒骨機時，就是用一把「狗牙剪」，刀鋒位置是一級一級的，剪出來便不會「散口」，然後師傅便會將漿糊塗在「邊口」讓它定型。

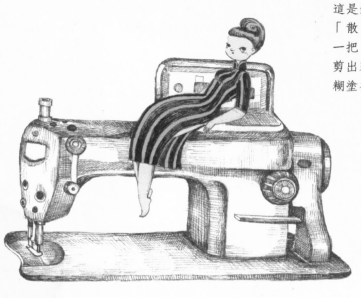

鈒骨機

熨斗

為什麼要裁紙樣呢？如果布上有花而不裁紙樣先裁布，第一，可能會裁錯、剪壞；第二，會編排不到花的圖案，像有些花可能要放正中位置，可能會造成不平衡的花紋，影響美感。

裁紙樣

走進金多寶旗袍店，店主文師傅笑容可親的述說他的旗袍故事。「在五十年代，我們家境窮困，很早便需要踏進社會找工作，一般十多歲開始學師。當時我在灣仔學師，自己個子小，沒有力氣，於是找一些比較輕便的工作，碰巧看到旗袍店招聘請人，於是去做學徒，一學便五十年，現在六十多歲了。

「最初入行學師時，難聽的說，就是做一些瑣碎事、雜務，俗語的『執頭執尾』，當時我們還沒有機會接觸針線。有時候，我會幫師傅『買餸』，即是買一些副料，例如鈕扣、布料、花邊等等。從前中環那邊有利源東、西街，是一條很狹窄的小巷，兩邊都在賣布。在眾多布店中，包含了不同種類的布料、質地，包括：燈心絨、花邊、蕾絲；又有男裝女裝的，多式多樣的材料。所以要是師傅需要購入材料或是接了生意，那我便負責到處採購。

「有時候店舖工作繁多，師傅便需要我幫忙一些簡單工作，第一步便是學用針線，例如『挑熨』、

『釘鈕』等等。做著做著，有時候零零碎碎的部份便有機會讓我們用縫紉機縫衣，但這些工作一般也需要有空出的位置和用具才可讓我們嘗試。例如十台縫衣機中，若碰巧有一位師傅沒有上班，那麼我們就可以用空出的位置做縫紉。隨著時間和練習帶來進步，師傅開始讓我做一些簡單的衣服，例如是西褲，慢慢地做著，便成了有一門手藝。現今少做了，反而是昇華至設計的層面。

「當客人前來訂造旗袍時，第一個步驟是度身，然後選布料，與此同時，我們也會就客人需要出席的場合和身形給予意見。不同的年齡可做不同的款式，身材豐滿與纖瘦所適合的顏色都不同。完成以上步驟後，便會解釋她們的旗袍將會怎樣做，然後我們會開始裁剪，之後讓客人試身。所謂試身並不等於已完成製作，客人需要試領子的高矮、身形的闊窄長短、袖子的長短，因為一件美的旗袍是必須試身的。試身後便會先將它拆開作修改，要先試身了解效果，發現問題再改良，才可以讓衣服製作完，穿起來夠平滑、光滑，不現皺紋。」

## 花鈕

嚴格來說，現在做這些花鈕需時比做一件旗袍長，因為它刮上了漿糊，要等至乾透才可，否則會易發霉。從底面看，釘線全部都是手工做。花鈕有大小之分，是因為領的位置一定要用小的花鈕做，領襟一定用大鈕做。這些花鈕就如一種手工藝，是藝術品的一種，喜歡做甚麼形態也可，如蝴蝶、鳥，可以任意設計。

## 未來寄望

在文師傅的角度，旗袍不會式微，因為是藝術品。文師傅說：「其實還有很多人想學師，但是耐性不足，即使想學也可能受父母阻止或干預，父母想下一代出人頭地，讀好書。回看以前有不少男生拿著線頭工作，都是因為家境窮，我們會發現從前從事這種手藝的男生比女生多，甚至做得更好。

「我相信旗袍製造業的前景還是不錯的，傳統的手藝、傳統的衣服是可以源遠流長地保持下去，即使學師的人逐漸減少，總有人會堅持將傳統傳承下去。現在的年輕人學識較高，發展空間較大。但是於我而言，我真的是非常非常喜歡這門手工藝，無論是為客人設計構思還是製作旗袍的過程，都開心過癮，特別是看見客人穿上製成品時自然流露的愉悅和滿意的神情，當下的滿足感難以形容。看見客人快樂時我比他們更開心，因為這也是代表著客人對作品的認同。」

文師傅以前也曾經收徒弟，但是很多都做不長。文師傅說：「不過現在我做的事也不多了，也真的只是因為很喜歡製作的過程，特別是很喜愛自己的出品，總是覺得別人做得不夠好，覺得自己的作品是最好的，這也可能是我們老人家的一種心理吧！」

圖/文：Katie Ying

花鈕

提起旗袍會想起結婚、校服、酒樓侍應、香港小姐、花露水廣告。

在六十年代末，旗袍已經漸被西方時裝取代，不再是日常服裝，但旗袍文化在香港得以延續是因為某些學校、中餐館依然秉承傳統以旗袍作為制服，選美活動更是對旗袍文化得以留存的重要因素。旗袍注重細節，當中小小的花鈕亦非常考手工。

浦明華師傅是香港僅存的上海派花鈕師傅。
十三歲跟隨父親入行，有四十多年花鈕製作經驗。

## 浦師傅的作品

浦師傅製作的花鈕樣式是師承自她師傅的師傅,據說是由一位男師伯設計。

主要是大自然圖案,喜慶字樣,有菊花、樹葉、五福壽、蝴蝶、龍鳳等。

浦師傅的工作桌

## 花鈕製作工具

 布碎

 剪刀

 特製的漿糊

 熨斗

 鐵線

 水

 鉗子

 針線

 頂針戒指

由於製作花鈕的工序複雜，一般人很難從圖文清楚理解，所以這裡只是簡單介紹重要步驟。如果感興趣，可以自行再進一步了解！

製作形狀較簡單的半菊花鈕頭需時約半小時

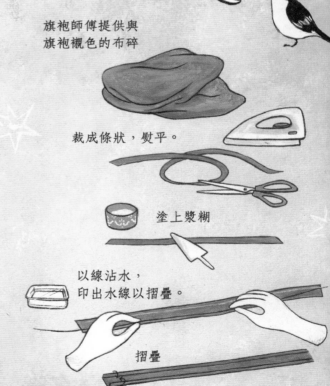

旗袍師傅提供與旗袍襯色的布碎

裁成條狀，熨平。

塗上漿糊

以線沾水，印出水線以摺疊。

摺疊

再摺疊

內藏鐵線

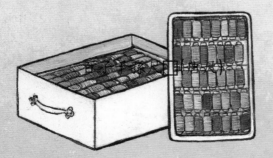

打開工作桌的抽屜，裡面是一盆盆色彩繽紛的色線。

鉗子是製作花鈕形狀的重要工具哦～

尺寸必須非常準確
才能呈現完美的花鈕線條

量度尺寸

做好形狀，
最後用針線固定。

漿糊製作：

滾水＋麵粉＋白礬

麵粉

Flour

白礬又稱明飯，一種從
藥房買來的神奇物料！

麵粉和白礬拌入滾水，不斷
攪拌成糊狀，弄好的漿糊可
用約一至兩星期。

塞棉花

上海派花鈕的其中一個
特色，是在花鈕中塞入
棉花成立體盤扣花鈕。

裁一塊小布，
塞入棉花，
用漿糊封口，
放在熨斗上溫熨閒置一段時間後完成。

# 繡花鞋先達商店

since
1958

圖/文：SiSi Li

這家已開業半世紀的繡花鞋店，最初是由 Miru 爺爺王榮創辦，並找來好友鍾球幫手看舖，當年只是一間在彌敦道的樓梯舖；現在舖頭已搬到佐敦的寶靈商場，並由第三代傳人九十後的 Miru 負責設計經營。Miru 修讀設計，她的設計保持傳統繡花鞋的特色，並不斷創新，加入現代化的設計元素和材質，將本來漸趨式微的傳統繡花鞋，在將新舊美學融和後，而成新的時尚，推廣給年輕一代。Miru 會繼續用她的一針一線，把刺繡和造鞋的手藝一直傳承下去。

# 繡花鞋製作

了解設計對象的需要，然後設想主題，為顧客挑選最適合的鞋型，構思顏色及材料的配搭。

選好布料後，便可以開始做刺繡。

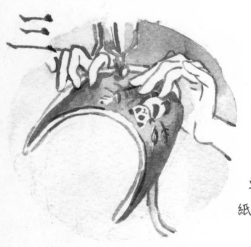

之後是表布，包邊，有時需要用到棉花、紙皮等等材質。

## 四

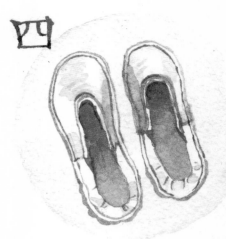

剛剛做好的拖鞋是反轉的

## 五

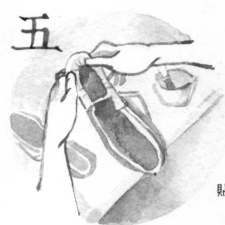

反轉後，可以用膠水貼好鞋底。

最後，放入鞋模用錘子敲擊定型，再放入鞋用的烤爐，烤一晚吹乾就完成了。

## 六

# MIRU講解
## 繡花鞋
### 改良 和創意

現代的繡花鞋在各方面不斷改良，秉承了傳統的美學之餘，也注入了新的創意元素，使款式更多元化，能成功回應時代需要。

## 婚嫁

傳統上，上頭時會穿著褂鞋，而新郎會穿馬褂鞋（金色）；以前的褂鞋多數是平底的，象徵婚姻穩固，這個傳統亦流傳至今。

經MIRU改良，現在的褂鞋有佮踭設計的，更高貴大方。

# 60年代

從上海來香港的上海人，講求生活品味，他們在家也穿上美麗的繡花鞋，從而在當時的香港也掀起了這熱潮。繡花鞋的主題大部份以傳統的花鳥走獸為主。

以前的繡花鞋，鞋面的繡花面積很大，而且全對也多是布造的。

## 現代設計

相比之下，現在的繡花鞋無論在鞋型或質料方面也變得多元化，現在的鞋型設計有參考歐美、日本的；此外，也有潮流的款式如人字拖，方便配襯衣服。而質料上，有布料、絨料……更可配搭繡花線、珠片、釘珠，創造出不同的圖案。

# 紮、織

獅頭紮作

鬼王紮作

紙祭品

陳師傅的
風箏

漁民樂

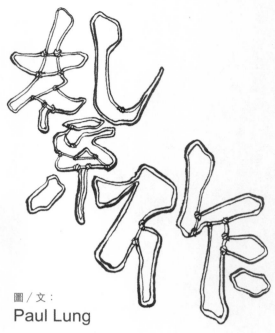

圖／文：
Paul Lung

# 「紮」根香港

六、七十年代，南獅的紮作在香港發展迅速，是亞洲的紮作中心，而傳統的佛山獅頭，都從香港扎根而起，至世界聞名，很多紮作師傅都是在香港發展及留下精髓。時至今天，醒獅運動越來越普及，更多年輕人投入這一種運動，更多不同商業活動都請醒獅團隊來助興表演。

近年紮作獅頭的手工藝出現夕陽工業的情況，
問題基於從前的部份醒獅武者都會同時
學習紮作獅頭，但現今學習醒獅的人都
當成是運動的一種，而未必同時對紮作感興趣，
這一種傳統手工藝學習需時，加上租金、
材料等高成本問題，紮作業已轉向東南亞及
國內發展，引致現今在香港仍全力從事獅頭紮作
的師傅餘下不足十人。

# 傳統的獅頭紮作分四大步驟：紮、撲、寫、裝

**紮** —— 是製作獅頭的第一工序，亦是最考功夫的，要從想像中把獅頭的形狀以竹或藤紮出獅頭雛形。

工具包括：紗紙、竹、唐尺，而傳統以十進制唐尺量度尺寸。

紮好成整個竹篾。

在紮作前，師傅會以刀把竹切成幼竹篾。

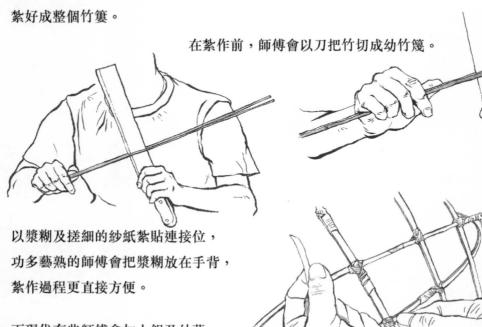

以漿糊及搓細的紗紙紮貼連接位，
功多藝熟的師傅會把漿糊放在手背，
紮作過程更直接方便。

而現代有些師傅會加上鋁及幼藤，
令獅頭更輕更靈活；另，接駁位有
師傅會轉用膠布。

師傅從外框開始，
定型後再慢慢紮作至其他細節，
如眼、鼻、口、角等。

紮作完成的獅頭

**撲**——是指在紮作好外簍的獅頭上，撲貼上紗紙及布料。打撲，傳統是三層，一層紗紙、一層布、再一層紗紙，每層都慢慢掃透漿糊，貼撲上再慢慢拉平待乾。

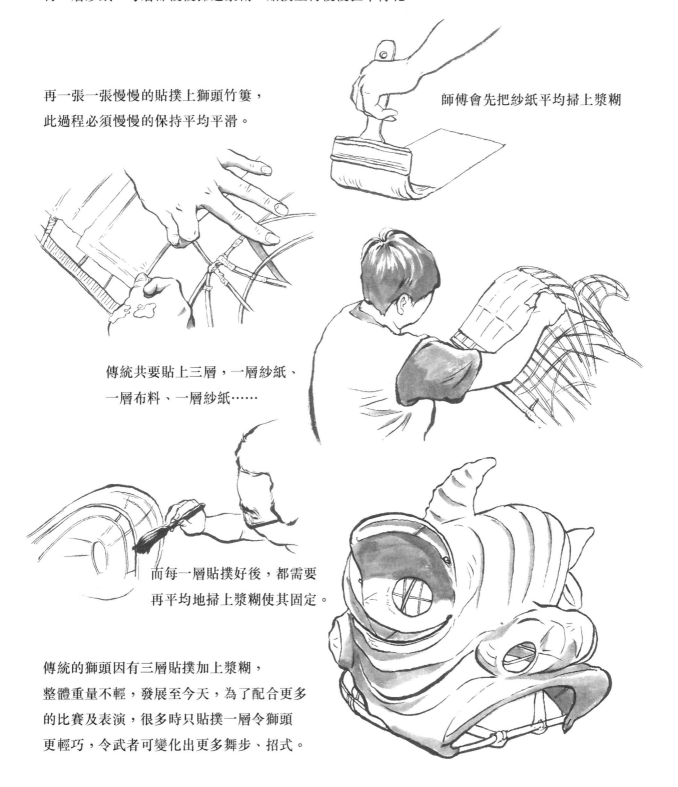

再一張一張慢慢的貼撲上獅頭竹簍，
此過程必須慢慢的保持平均平滑。

師傅會先把紗紙平均掃上漿糊

傳統共要貼上三層，一層紗紙、
一層布料、一層紗紙……

而每一層貼撲好後，都需要
再平均地掃上漿糊使其固定。

傳統的獅頭因有三層貼撲加上漿糊，
整體重量不輕，發展至今天，為了配合更多
的比賽及表演，很多時只貼撲一層令獅頭
更輕巧，令武者可變化出更多舞步、招式。

寫 —— 意思是在撲好底紙及乾固的獅頭上繪畫上花紋，常用的工具主要是畫筆、毛筆及水彩（廣告彩），一般老師傅都沒有起稿，以經驗直接在獅頭上徒手繪畫。而香港師傅所製作的特色是花紋幼細，色彩濃淡陰陽平衡有序，完成後再掃上防水光油保護。

近年風格上變化心思較多，每一隻獅頭都會有著不同的變化，有時因應師傅的構思，有時因應客戶的要求，每隻獅都獨一無二。

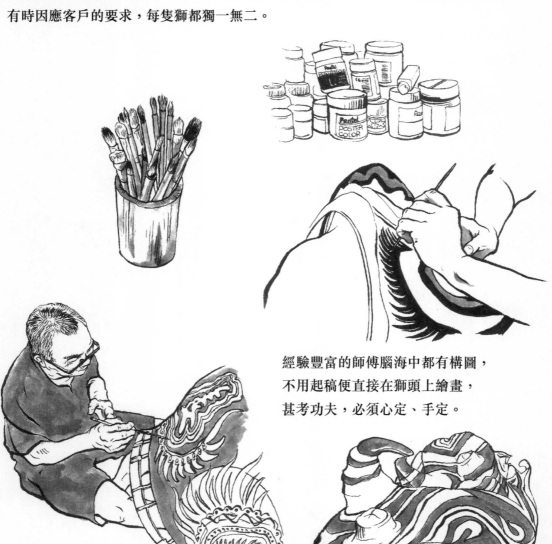

經驗豐富的師傅腦海中都有構圖，
不用起稿便直接在獅頭上繪畫，
甚考功夫，必須心定、手定。

裝 —— 是指裝裱其他立體的配件，如眼睛、耳朵、毛髮，其他裝飾及小機關。
而眼邊的毛髮傳統使用的叫牙刷毛，一般用魚絲鬆出來，再加上其他幼滑毛邊、毛球。
而近年的裝裱物料變得更輕更多。

不同的獅種有不同的細節，
如張飛獅，稱為打獅，獅角有一種破
損的感覺，加強其戰鬥感。

從前的色彩及風格都以「劉、關、張、趙、
馬、黃」為主。近年，則因應不同的情況及
客戶需要，而變化出更多裝飾及色彩。

除裝裱外觀，內裡的細節結構亦很重要，
如控制眼睛開合的組件等部份。

# 傳統獅頭

傳統獅頭以「劉、關、張、趙、馬、黃」共六種主要的角色，統稱「一王五虎」。

**劉備：**
黃彩花面，白鬚鬍，代表皇后之風。

**關公：**
紅面黑鬚，代表
忠肝義膽。

**張飛：**
黑白面、黑鬚、小青，所謂「青鼻
鐵角」的打獅，代表能謀善戰。

趙子龍：
青面黑鬚、青身，代表智勇雙全、一身是膽。

馬超：
白面白鬚白獅身，是唯一沒有點睛的，
只做淨身，因代表忠孝仁義，
故亦作為孝獅的代表。

黃忠：
黃斑紋，有老人斑的概念，
代表勇冠三軍，受尊重。

# 鬼王紮作

圖/文：
Mabel
@
smile maker

大士王又稱「鬼王」。

七月鬼門關大開，大士王負責震懾和監管前來接受分衣施食的遊魂野鬼，令它們得到善信的施祭，而不會在陽間搗亂。儀式結束後，「鬼王」會被火化，以恭送離開。

相傳大士王是觀音化身，樣貌十分威嚴，身高有十多尺，坊間分別有鶴佬、潮州和廣府樣式。今次找來做鶴佬樣式的夏華強師傅，請他講解一下傳統大士王工藝是怎樣煉成的！

住在坪洲的強哥，由一九八五年開始負責製作坪洲中元建醮會的大士王。

## 為何會有大士王？

相傳百多年前曾發生一場嚴重傳染疫症，死了很多人，絕望一刻村民懇求天后娘娘保佑，得到啟示，要在每年中元正日農曆七月十五日祭幽超渡，祈福消災。自功德法事完結後，災難便消失，風調雨順，自此每年舉辦從沒間斷，時至今日已經成為坪洲一年一度的重要節日，舉行日期為每年農曆七月十二至十五日。

## 夏華強 師傅

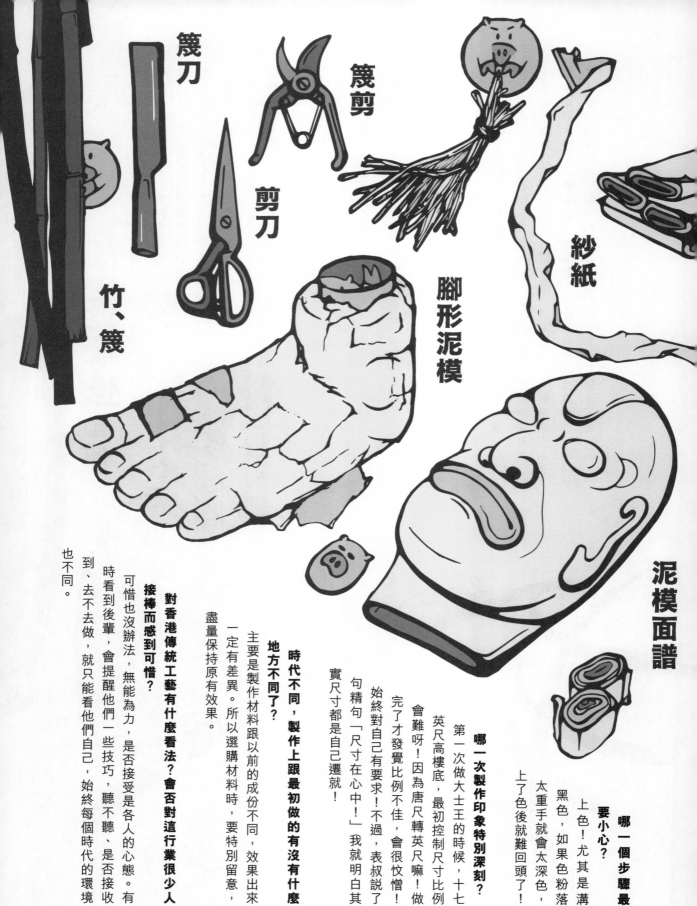

簽刀

簽剪

剪刀

竹、簽

腳形泥模

紗紙

泥模面譜

**哪一個步驟最要小心？**

上色！尤其是溝黑色，如果色粉落太重手就會太深色，上了色後就難回頭了！

**哪一次製作印象特別深刻？**

第一次做大士王的時候，十七英尺高樓底，最初控制尺寸比例會難呀！因為唐尺轉英尺嘛！做完了才發覺比例不佳，會很忟憎！始終對自己有要求！不過，表叔說了句精句「尺寸在心中！」我就明白其實尺寸都是自己遷就！

**時代不同，製作上跟最初做的有沒有什麼地方不同了？**

主要是製作材料跟以前的成份不同，效果出來一定有差異。所以選購材料時，要特別留意，盡量保持原有效果。

**對香港傳統工藝有什麼看法？會否對這行業很少人接棒而感到可惜？**

可惜也沒辦法，無能為力，是否接受是各人的心態。有時看到後輩，會提醒他們一些技巧，聽不聽、是否接收到、去不去做，就只能看他們自己，始終每個時代的環境也不同。

# 訪談

**怎樣入行？**

十四、五歲時，在表叔於坪洲成立的武館接觸紮作行業，那時只是幫手，塗漿糊貼彩紙。隨後一年去了行船，空閒時間就自己嘗試做白毛黑獅頭，純粹玩票性質，就做了第一件紮作作品。一九八〇年我才正式入行，那時廿多歲開紙紮舖，賣香燭做紙紮花炮。記得當年天后廟重修金身，要一隻馬、一套馬衣和一個分衣施食的細鬼王用作還神。三樣紙紮，三日要起貨！

**有沒有正式拜師？**

表叔不收徒弟的！但他曾教我做大士王盔甲，還有「騎馬著褲」、「鬼差著衫」。我心裡面一直當他是師傅！

**坦白說，做完第一隻大士王會否不捨得拿去化寶？**

不會不捨得的，但會留意囉！看著他拿去化寶，希望順順利利。

**哪一部份製作最難？**

腰至肚兜部份，紮前面時就看不到後面，紮後面時又看不到前面。

神奇畫筆

彩紙

鶴佬樣式

廣府樣式

潮州樣式

紙祭品

人們對死後充滿幻想，相信先人
會到另一個空間繼續生活。為了
讓先人在陰間有更好的生活，親
人都會按先人的喜好焚燒不同的
紙紮祭品給他們，以求安心。

圖／文：

dirty paper

行

住

玩
樂

衣

點解我乜都無？

食

Man和Mary的小兒剛因
重病過身，擔心沒有工
人姐姐照顧小兒。

三叔生前最愛賽馬，
死後親人都燒馬經給
他，可是他最想要一
匹「神駒馬賽」！

1

2

3

明仔掛念三哥的味道，
已報夢給阿思想吃一碗小
辣米線和土匪雞翼。

下個月是Rocky的生忌，
獄友阿杰正考慮送他一
支紅色電結他。

菲媽媽向師傅哭訴女
兒於意外中失去了一
隻手，想燒一隻左手
給菲菲。

4

5

聽過親人的憂慮及需求，師傅便會先做資料搜集，研究各樣
祭品的造型及製法，再用竹篾、漿糊及色紙等來製作。

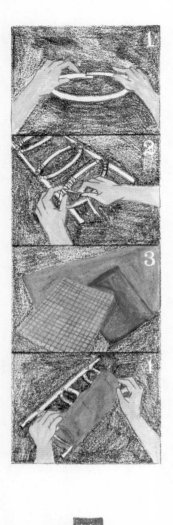

1　師傅會先用竹篾做好骨架；

2　再用漿糊及紗紙固定；

3　選擇及拼湊不同的色紙；

4　用漿糊把色紙緊緊貼在骨架上，
　　一件件精緻的紙祭品便告完成。

紅色結他

左手一隻

神駒馬賽

三哥味道

工人姐姐

親人會將紙祭品火化，送到先人手上。先人的需要得到滿足，親人也因而感到安慰。

# 陳師傅的風箏

圖/文：by kilan cheung

中國蝴蝶形風箏

陳健泉師傅於一九五九年在香港出生。在他小時候，香港的物質不多，父親懂得製作風箏，這就成為了他們親子之間的樂趣。他的父親會用大紅紙製作蝴蝶形風箏，這無疑是廣州鄉下傳承下來的中國風箏。陳師傅直言，「小時候其實不太懂得欣賞，可能因為對小孩來說製作不太容易。」（註：上圖為陳師傅近年重新製作的作品，比當年父親所製的色彩更豐富一點。）

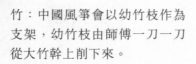

竹：中國風箏會以幼竹枝作為支架，幼竹枝由師傅一刀一刀從大竹幹上削下來。

紙：現在師傅製作紙風箏時，會用洋蔥紙或馬拉紙，是一些呈半透明，又輕又薄的紙張。

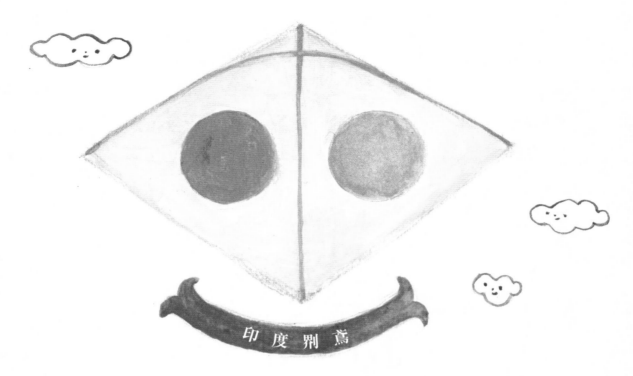

印度剟鳶

相比製作複雜的中國風箏，年輕人好勝心強，喜愛競爭，自十三歲後，陳師傅便開始了他玩剟鳶的青春時代。剟鳶是指，以自己的風箏線剟斷對方的風箏線來作比賽。他回憶當年滿街都是剟鳶比賽，甚至會在高樓走廊放鳶。這種情景，我這個年紀的人很難想像得到。他說當年鳶被剟了的人不會生氣，還會欣賞對方，因此也認識到很多朋友。他笑言自己在剟鳶上很有成就，也得到很大的成功感。

剟鳶都是用製作比較簡單的風箏作賽（我猜是因為剟掉也不會心痛的原因）。上圖的是可用作剟鳶的傳統印度菱形紙鳶，因為有兩點圖案，所以俗稱兩眼仔。

剟鳶的道義：當年他們有不明文規定，有尾的風箏就不剟，意在高手過招，不傷及平民百姓。

棉線：一般放風箏都會用到棉線，用魚絲的相對不專業。

玻璃膠線：為了加強線的強度，以能剟斷別人的線，故會在棉線上加上玻璃膠。

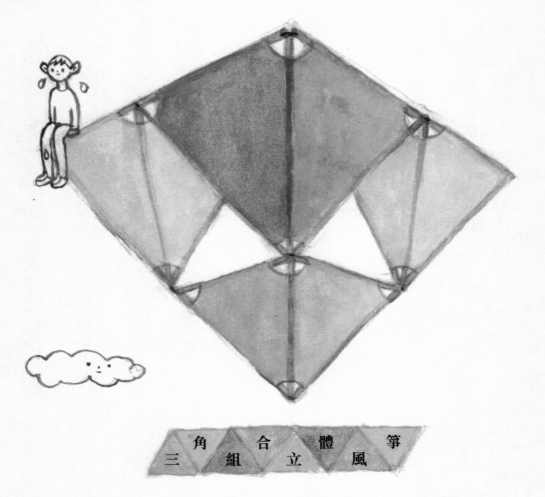

角 合 體 箏
三 組 立 風

十八歲後，郱鳶已開始不能滿足陳師傅了。小時候父親種下的種子，就在這時開花。他明白到製作風箏的樂趣，開始投入風箏創作，除了父親傳授的技巧和自我摸索，也開始了他到處求教的階段。八十年代，他先後到過美國、德國、法國感受當地的風箏文化；在美國期間，他向一位恩師求教一種三角結構的立體風箏，這種風箏原以輕合金支架，加上高密度纖維布料組成，成本昂貴；學成歸來後，為了讓它能普及，他首創以吸管、線、洋蔥紙來代替昂貴的材料，成功將風箏轉化。之後，他也積極參與義教的工作，將這個讓他自豪的作品分享給更多人。

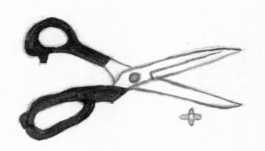

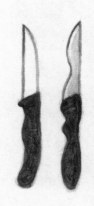

吸管與線的結構：將線穿過吸管，管與管之間的接合位就可以線鎖緊。

剪刀：剪刀當然是製作風箏時常用的工具。

刀具：因應不同弧度需要有不同的刀身。

# 比 翼 雙 飛

陳師傅為了學習製作不同的中國傳統風箏的技巧，不時都會回鄉，到廣東省到處求教。一九八八年，中國正值動盪之時，他不理家人的反對，走訪北京、山東一帶找尋製作傳統風箏的老師傅求教。他笑言自己當時身處當地人群中就像個異類，走在街上會引來不少人的目光，也遇到不少瑣碎的趣事。幾年來的遊歷，受到中國文化的薰陶，他開始自學工筆畫，利用學習得來的沙燕風箏結構，創作出作品《比翼雙飛》。作為一個畫畫的人，我最喜歡他這個作品了。

顏色：陳師傅多以廣告彩或塑膠彩繪畫風箏。

曹雪芹與風箏：傳說中沙燕風箏是由曹雪芹發明的。

竹枝加熱工具：可以燭火加熱竹枝，來彎曲竹枝使用。

# 奧 運 五 環 風 箏

一九九四年，陳師傅萌生了創作奧運五環風箏的念頭，但怎樣的設計才可以令五環乘風而起，而同時又可以保有五環的外觀？什麼物料才足夠堅固，但又夠輕……需要解決的問題一大堆，所以他說，風箏是技術＋科學＋藝術的結晶。他開始到處搜集資料和汲取靈感，並嘗試使用不同的材料，經過製作失敗再製作的過程，最後找到了玻璃纖維絲、飛機鋁，配合製銅具的倒模技術，花了約三百小時，並投入了不少私己錢，作品才終告完成。聽後，我覺得創作風箏除了需要技術、科學、藝術外，原來也很需要金錢和時間的。

線轆：線轆是放風箏必備的工具，可以操控風箏旋轉之類的特技，線也比較長。

## 香港天空風箏學會
### HONG KONG SKY
### KITE ASSOCIATION

香港天空風箏學會：一九九三年，陳師傅創立了香港天空風箏學會，希望可以和愛好者交流，也便於參加外地的大型國際風箏活動。

線排：線排相對線轆便宜輕便，適合初學者使用。

## 風箏文化
## 中心

風箏文化中心：未來陳師傅的
目標是開設風箏文化中心，展
示不同風箏作品和舉辦工作坊
來推廣風箏文化。

## 龍風箏

中國龍風箏是由一片片竹枝紙片結構組成的，加上重要
的龍頭。陳師傅說，沒龍頭的就只能說是串鳶。製作的
技巧最早由陳師傅父親口述，他就跟著父親所說的，嘗
試一步一步去做。他做過最大的龍風箏是由八百片竹枝
紙片結構組成，共八百尺長，因為過於巨大，直至現在
還沒有機會去放飛。但他製作的另一條二百尺長的巨龍
風箏，就曾在二〇〇七年飛起來。他說，當巨龍風箏飛起的那刻，他手指著天空，不停
向著身旁的陌生人大叫起來，興奮不已。他一邊說，我一邊感受著他的熱情，也讓我愈
來愈欣賞他。坦白說，開始時難免會覺得他是位有點喜歡認叻的前輩，但後來發現他真
的是一個真誠地熱愛風箏，為自己所創作的風箏感到無比自豪的人。

三隻大狼狗的拉力：二百尺長的龍形
風箏飛起來時，有如三隻大狼狗的拉
力。據陳師傅估計，八百尺的拉力可
以把他拉上天空。

麻線：放巨型龍形風箏時，因
為拉力太大，棉線要改為麻線
才有足夠的韌力。

# 漁民樂

圖／文：coney leung

「做漁民好少時間睡覺。」羅生從小生活在海上靠捕魚為生，早已習以為常。那時候，漁船通常只在香港水域捕魚；往東開到蒲台島，往西開到大小鴉洲，往南邊一直開就會進入中國大陸海域。（當年香港漁民在大陸海域捕魚必須申報，而且必須把部份的魚種供應給中國大陸。）從天黑到半夜時段出海捕魚，之後花大約一個半小時車程把魚種運到市區，等到凌晨四點魚市場開門便進行買賣。早期比較常供應給香港仔、長沙灣、筒箕灣等幾個主要魚市場。

「漁網的每一眼都是自己尺的，船上的捕魚工具也都是人手製造的。」回憶起當漁民的往事，羅生手舞足蹈地說道。以前有錢也買不到，直到七十年代才有機器編織漁網供售賣。漁網有很多尺法（漁民稱編織的動作為「尺」），有不同大小的眼（指的是網洞的大小），以及不同的材質等等。每個家庭和漁船有各自相傳，經過每一代從中改良。漁網的眼頭大小對了，就會抓到相應尺寸的魚種。漁民較常用膠絲尺網捕魚，因為其在水裡呈透明的特性。尼龍繩也是常用的材料，黑色比較顯眼，韌度較強。羅生的家族利用這兩種不同特徵的尺網材料創造出獨有的設計。漁網的上下兩段採用尼龍繩，強硬的特質讓漁網比較堅固，連著鉛條可沉到海床上，即使跟珊瑚和石頭等硬物碰撞摩擦也不會被弄破。漁網的中間用透明而較輕的膠絲編織連結上下，在海裡形成了一大片隱形的捕捉範圍。這混合的尺網是從傳統圍網船的做法演變而來。

# 人手製作的尺網工具

1. **棋**有大有小，像一把尺一樣，量度網眼的大小。棋是呈一塊塊長方形，形狀通常是一面直一面彎的工具。彎是因為棋採用真竹製作，保留了竹柱狀的原貌。小眼的網還可以作為婆婆最愛用來紮髻的髮網。

2. **竹浸**是用竹手製而成。簡單在竹子上畫了模型，用刀切割和雕刻成竹浸。其體積也有大有小，視乎膠絲或繩的寬度。有些工廠用塑膠製作浸，材料不同但用法一樣。

3. **膠絲**是一般尺網的必備材料，會浮在水裡，白色半透明使得它在水裡隱形，容易捕魚。可以用數條膠絲交織在一起做成粗的膠絲，使尺網更堅固。膠絲在香港是以拉力計算，即以磅作單位。

4. **鐵片**用作剡刀。以前沒有剡刀，漁民會用純鋼的鋸片磨成刀，非常鋒利。在日常生活中，鐵片十分實用，也是雕刻竹浸的必需品。

5. **罟針**是從日常生活用品改裝變成的尺網工具。罟針只是粗鋼線的一截，裡面穿一條繩就可以一眼對一眼的交織漁網，像縫紉衣服的針線一樣。

6. **鉛**會往下沉到水底，塊狀的鉛可配合尺網在漁網之間交織。

7. **蒲仔**就像水泡，是會浮在水中的，可配合尺網在漁網之間交織，幫助漁網頂部在水裡浮起而形成網形。

8. **菱角車**被發現在工具旁邊。「這是以前小朋友喜歡自製的玩具。中秋時節，拜神後便會將菱角拿來做玩具。在菱角上插上拜神蠟燭剩下來的竹籤，再穿上繩子拉來拉去是很好玩的。」羅先生的女兒阿玉介紹著這有趣的兒時玩意。

## 尺網過程與技巧

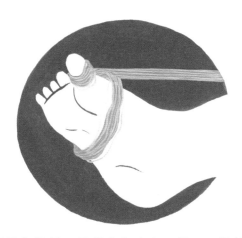

以前在「罟仔」上沒有桌子和椅子，只好坐在地上尺網。尺網的動作很有趣，一隻腳拉直，用腳指頭繞著尺網的膠絲或繩，把腳指頭當成線卷的用法，繩拉長到手邊尺網。另一隻腳繞到直的那隻腳的大腿底下。

決定好網眼的大小，再選出尺寸對的棋。把膠絲或尼龍繩纏繞在竹浸之間，便可開始從木仔上尺網。

在罟針裡面穿一條繩子，一眼對一眼，再一眼對一眼的交接，連在一起。漁網破了洞也是這樣修補的。

羅生是出生於五十年代的長洲居民，從小跟隨父母在水上生活，學習捕魚知識和技巧。漁民都是家庭式的，一家大小有男有女，不分崗位。幾十年來家族也以做「大包圍」捕魚為生，「大包圍」指的是圍網法，由兩隻「罟仔」——即兩艘船隻同時進行，通常在晚間出海捕魚。做大包圍需要至少七個人才可以出海，因為罟仔的網較大，必須人多才可以控制收網。羅生記得當年長洲有二十幾隻罟仔，在八十年代已全部消失了。那已是上一代的大包圍，當年漁民還有用魚炮的習慣。魚炮是一種炸藥，丟到海裡把魚隻炸暈或炸死後容易捕捉。但畢竟是炸藥，使用時有一定的危險性，也對大自然產生破壞。後來魚炮被政府禁用，當年最後一個丟出魚炮的，就是羅先生了！以前的漁網不先進，要用人力拉繩和網，非常吃力。新一代已引進先進的機器來收網，許多工具也可以在外面購買。捕魚的技術也是一代傳一代，經過自身經驗改良流傳至今，除了漁網的設計，使用的力度，還要因應水深而調整，航行速度等也要考慮。除了捕魚，養魚也是一門學問。如何做魚排，製作養魚的工具等技術也不簡單。水上人靈活變通，互相吸收經驗。漁民知道這行業已日漸式微，為了生計，也要提前去考各種牌照以防萬一。在大欖涌海事訓練學院可以修讀不同的專業課程，如海上急救、逃生等等。

每當遇上壞天氣，漁民也會十分苦惱。「以前全家都住在船上，出海如是，遇上颱風、龍捲風亦如是。」羅生憶起往事，臉色瞬間沉重起來。「六、七十年代，香港很少避風塘，我們會選擇靠到河涌避風。聽到颱風在菲律賓形成，距離香港五百海里，便要提前到河涌找好位子避風三、四天！」

羅生憑著捕魚技術養家，直到九十年代，四十歲的羅生發現在香港水域靠捕魚已無法維持生計，只好把罟仔賣掉轉行。自從人口南移，廢氣污水湧來，珠江三角洲的魚類已受不了。以前有很多魚類隨處可見，現在都不見了；漁民喜歡拿來當蔬菜食用或藥用清熱的海藻，現在也變得稀有。「畢竟捕魚是今天有明天有，後天已可能沒有。因魚真的愈來愈少了。」羅先生感嘆香港的海水污染日趨嚴重，捕魚不行，養魚也不行，情況不好就只有轉行。許多水上人已不捕魚，但也是從事海上工作。他們有的做大偈，負責機器修理；有的做船主，為船隻掌舵。而羅生因懂天文地理、觀察流水及風向等的實戰經驗，於是便選擇轉行做拖輪，即是拖著船隻、木筏及竹排的機動船。後來，羅生年齡漸長而視力逐漸減弱。「當年一隻船失去動力，另一隻船拖它回來，沒想到中間條纜斷開掉下來，因而損害了眼睛。」羅生十幾歲時出海發生了意外，受傷時還有八、九成視力，但現在右眼已看不見。「漁民的團結精神，有一方出事，其他人一定集力幫忙，守望相助！」阿玉在旁補充，並為父親的職業和技能感到驕傲。「以前做爸爸的很擔心，撞船也有，遇上風暴也有，小孩掉到水裡溺水也有，甚至全艇飄走等特殊情況也有，每天都很害怕出事牽連全家。後來做拖輪，出海便不怕了，因為只需一人承擔。雖然從來沒出事過，但每天也提心吊膽。」轉行之後，羅生出海便無後顧之憂。「第一，小孩不會掉到水裡；第二，是下一代可以讀書，了解更多的文化。」羅生吐出內心最大的牽掛和期盼。羅生把罟仔賣掉，意味著他成為了家族裡最後一代漁民。

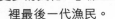

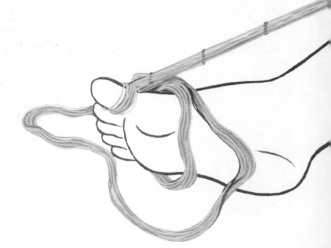

現時羅生在「長洲西灣文化村」做義工，積極為社區發展出一分力，更希望把長洲漁民文化傳承下去。

**信號燈 ／ 油燈**

這個油燈是銅製的，用作信號燈。每一個油燈都有號碼及合格證書，並獲國際認可。香港海事處要求每艘船都要掛著兩個，船頭一個船尾一個作為夜間燈號。颱風、航行、停泊等等都靠燈號顯示。白天看旗子，晚上看信號燈，是漁民共同的語言。銅製的油燈不用火水，用生油作為燃料，打開蓋子就可以把生油倒進去。現代已經改用電燈。

# 奉、雕

 神像鏡業

 潮式糖塔

 蔴雀雕刻

 郭記木器雕刻

 莫問蒼生

# 鏡業 神像

亮金的純木邊框、大紅的樸實底紙、黑與金的油墨字與精緻的彩繪神話人物。這個組合是一種將神像繪畫於玻璃鏡上作為供奉對象的民間傳統工藝——神像鏡畫。

圖：Heidi Yu @ 陌室五月
文：Nadia Tsang

坊間普遍的神像鏡畫可分為繪畫造型形式及文字形式。繪畫造型即是按照舊時民間流傳下來的海報和漫畫插圖，以當中神佛和武將角色的形象作為參考，修改繪製而成。文字則是以正楷字書寫神祇的名字或歷代專稱。

## 永發神像鏡業與「事頭婆」

永發神像鏡業，位於元朗又新街，家庭式的工場小店，由人稱「事頭婆」的岑姑娘所經營。因父親的關係，岑姑娘自小便於店內幫手，由以前幫忙父親剷窗門玻璃、枱面玻璃，到了現在主力畫神像、寫祖先字，就這樣在這間店一做便是幾十年。

製作一塊神像鏡畫或祖先字差不多要一個多月時間。在以前六、七十年代，行業高峰期的時候，他們也會做絲網印刷。可惜隨著時間推移，人們愈來愈少在家中安放神位，神像鏡畫的生意自然也愈來愈少。

印刷神像鏡畫，更是十幾年沒有做了。因為銷量少，從前的貨還在店內積壓著。現在，岑姑娘只會接到訂單才會做。

到底，是什麼人在什麼情況會到來請岑姑娘畫神像鏡畫呢？答案是圍村人。大概是在香港，最能保留傳統習俗的只有圍村人吧！他們大部份都會在年尾換上新的神像鏡畫、祖先字，或是在親人過世、娶新抱和新居入伙等情況下，這些時候圍村人也會過來請岑姑娘製作一個新的神像祖先字鏡畫。每一家每一戶對神像鏡畫的要求也不同，其中一款大概是，在畫框的上半部畫上所信奉的神祇，下半部則寫上祖先的名字。一幅大尺寸的神像祖先字畫，就掛在屋內大廳的一幅牆上，祭祀神祇和祖先，祈求祂們庇佑。

繪畫鏡像畫一點也不簡單。在玻璃上作畫，材質媒介與普通畫紙不同，就算懂畫畫的也未必能畫得好。玻璃表面特別平滑，需要多花點功夫才能掌握。當問到繪畫鏡像畫時，什麼地方是最困難的？岑姑娘考慮良久，輕輕地說：「黑線吧！眼睛吧！最細的地方就是眼睛了！」沒錯，最細微的地方就是最不容忽視的地方。

工作之餘，岑姑娘閒時也會畫畫、寫字。但與工作時所繪畫的那些正經和神聖的神像畫不同，而是清新風雅的水墨畫。山水花鳥，加上一道剛勁有力的書法字，整個作品的完成度不遜於專業作品！據說，她的作品曾在畫展中展出過呢！看著一疊疊用膠袋與舊報紙混雜的練字帖、一卷卷用膠袋小心保存的水墨畫，熟能生巧這句話永遠不錯。

# 製作工具

製作神像鏡畫毫不簡單，一點也不能馬虎！所謂「工欲善其事，必先利其器」，那麼製作神像鏡畫時，又需要什麼工具呢？

- 各色磁漆
- 天拿水
- 工業用金粉
- 墨
- 毛筆
- 中、小號狼毫筆
- 稿件
- 紅紙
- 木相框
- 玻璃

# 製作流程

## 一 了解訂單需求

接過訂單，了解客戶的需要，例如神像畫的尺寸和內容。如果是祖先字，則要計算每行每字的尺寸大小，如何排版才能把全部文字寫上。如果是神祇形象畫，則要了解神祇的造型。這些資料都必須向客戶了解清楚後，方能開始製作。

## 二 起稿、排位

用紙張起稿神像的造型。畫稿是左右反轉的，因為神像鏡畫所繪畫地方是玻璃的背面，畫好後裝上畫框，就能保護畫稿不會受損。有時客戶會提供他們想要的神祇造型圖片供參考，繪製時要留意其衣飾造型等細節。

## 三 鉤畫線條、輪廓

起稿完成後把玻璃疊上，以小號狼筆在玻璃背面鉤出線條，這部份是最考功夫的。鉤畫不好、線條不夠暢順也會影響整個神祇造型的效果。文字部份，則會直接在玻璃的正面用墨水起稿，然後反轉玻璃，橫著把字填上，稱為「反手字」。

## 四 填色

待線條墨汁乾透，就可以填色。玻璃鏡畫所使用的是油性顏料磁漆，以天拿水稀釋。有時候也會用上工業金粉，就是神像祖先字畫中金色油漆的部份。完成繪畫後，襯上大紅底紙，裝上畫框，一幅「量身訂造」的神像鏡畫就完成了！

# 各式神祇

接下來介紹香港人普遍都知道的神祇。
對於以下神祇的形象，你們又了解多少呢？

## 關帝

三國時代將領關羽。民間認為關帝掌管科舉、命祿、工商生意等範疇。在香港，黑白二道的人也拜祭關帝，尊稱為「關二哥」，相信關帝忠義仁勇，會庇佑他們。

## 觀音

觀音形象多變，傳說有三十三身，例如「水月」、「臥蓮」、「龍頭」等。後來民間更演化出如「千手千眼觀音」、「送子觀音」等不同形象。

## 天后

從前香港是一個漁港，居民生活與大海息息相關。海神天后，便是他們的守護神。相傳天后娘娘姓林，自幼便能知海上禍福，及時救人於危難，升仙後常顯靈救人。

## 黃大仙

原名黃初平，修道成仙。據說曾通過扶乩塵凡布教，自道身世，勸人向善，有求必應，簽文靈驗。今日在香港，黃大仙祠是著名的廟宇之一，香火鼎盛。

# 潮式糖塔

圖／文：009

我相信未必每個人都認識糖塔，甚至從未見過，相反，因為我父母都是在香港出生的潮州人，在潮州人家庭長大，我的成長不多不少都被潮州文化圍繞，拜神祭祀是其中一環，所以在我的小時候已經接觸到「潮式糖塔」。

小時候在外婆的家中總是有一座糖塔擺放著，顧名思義，糖塔是由糖所造的塔。你知道啦，小朋友總是對糖充滿幻想，況且是這麼大座的糖！每次正想偷吃一口之際，大人就會早一步說，不要動！是用作拜神的！當聽到這番話，就算多「為食」的「為食鬼」也不敢動其分毫。

九龍城從前是一個潮州人的集散地（現在已變成小泰國……），有多間潮式餅家都在這裡經營，店內總會擺放各式潮州糕餅，當中包括了糖塔，因為我在這個社區成長，所以我又會比較多機會接觸到這種厲害的民間藝術。

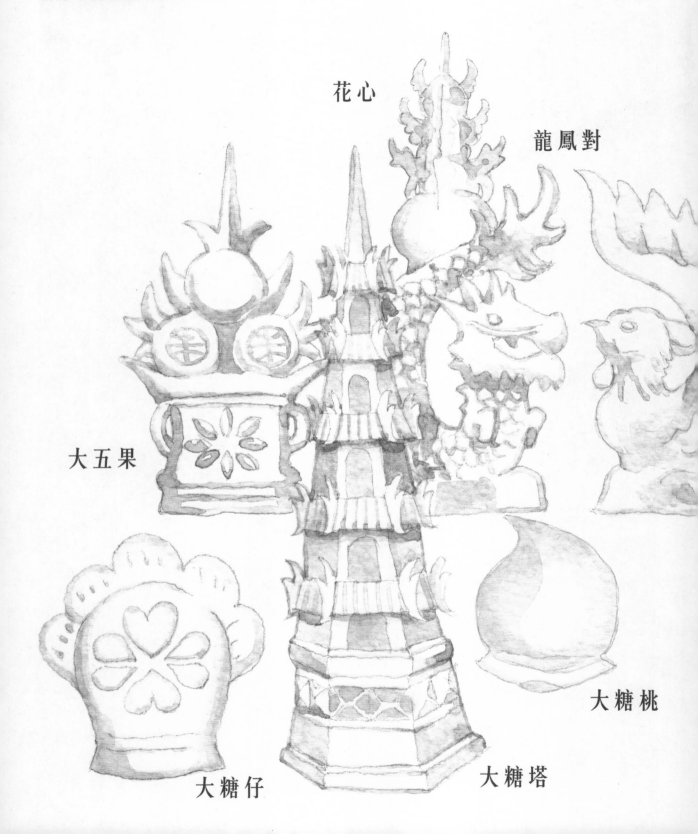

花心

龍鳳對

大五果

大糖桃

大糖仔

大糖塔

大四合

大糖獅

大貢心

# 潮式糖塔師傅

師傅說，每當農曆新年潮州人必買一座座大小不同晶瑩雪白的糖塔，最大的可高達三十二寸。糖塔用來祭祀神靈，是正月初九「天公生」的祭品，「天公生」即玉皇大帝生日。除了有塔型之外，還會有獅子、龍和桃等造型。而糖塔會貼上紅紙、紅球等裝飾。

現在已經愈來愈少師傅懂得這種民間手藝，我們要好好珍惜。

# 潮式糖塔製作

糖塔製作講求眼明手快。來！現在給大家解構一下！

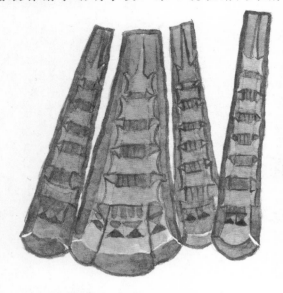

糖塔的模具以橡木雕刻而成

把模具浸水然後用繩固定

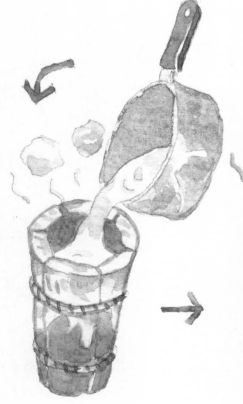

把白糖倒入模具

因為先前已把模具浸水，
這就是最天然的冷卻裝置。

用刀把多出的糖切去

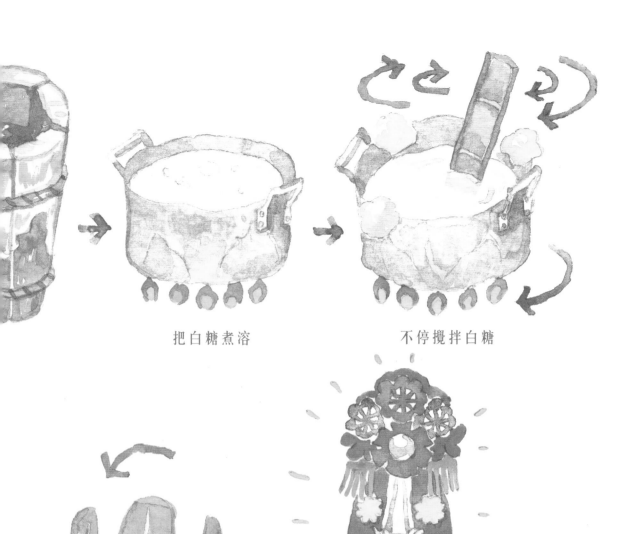

把白糖煮溶　　　　　　不停攪拌白糖

完成！

把糖塔從模具中取出　　　最後，貼上紅紙和紅球等裝飾。

# 蔴雀雕刻

圖／文：林祥焜

一九六二年，湄姐（何秀湄）爸爸帶著妻兒，花了兩年人工二千元頂了這間只有數十尺，位於紅磡寶其利街樓梯底舖開蔴雀店。現今全香港唯一的女性手雕蔴雀師傅，就是在蔴雀店成長，在這裡帶兒帶孫，牽繫了四代情，亦見證著蔴雀雕刻的興衰時代。湄姐十三歲學雕蔴雀，最高峰時可以一日雕三副蔴雀，即四百三十二隻牌。六十年代，香港人最愛打蔴雀，每間蔴雀店都有駐場手雕師傅。到八十年代流行一日可製三、四十副的機器製蔴雀，九十年代末，昔日大客戶麻雀館也陸續轉用。手雕蔴雀一套一千七百多元，機雕才賣四百多元，但卻沒有了手雕的靈魂與人性雕痕。

雀蔴發金

米 Cedric ELPHON SOH 祥焜 OOX

手雕蔴雀難以為生，故年輕人無意入行，使這門手藝面臨無以為繼、難以傳承的狀況。手雕蔴雀需消耗極大體力及眼力，蔴雀的亞加力膠面非常硬，而且滑刀，雕刻時要使用陰力。湄姐學師時期，師傅不會特別傳授雕刻秘技，她自行偷師學習，晚上父親亦會向她傳授雕刻要點，初時亦難免雕至十指損傷。現時湄姐沒有生活負擔，開舖只為消磨時間，她期望盡自己所能傳揚手雕蔴雀技藝，讓大眾了解這門技藝，不至於在時代巨輪下失傳。

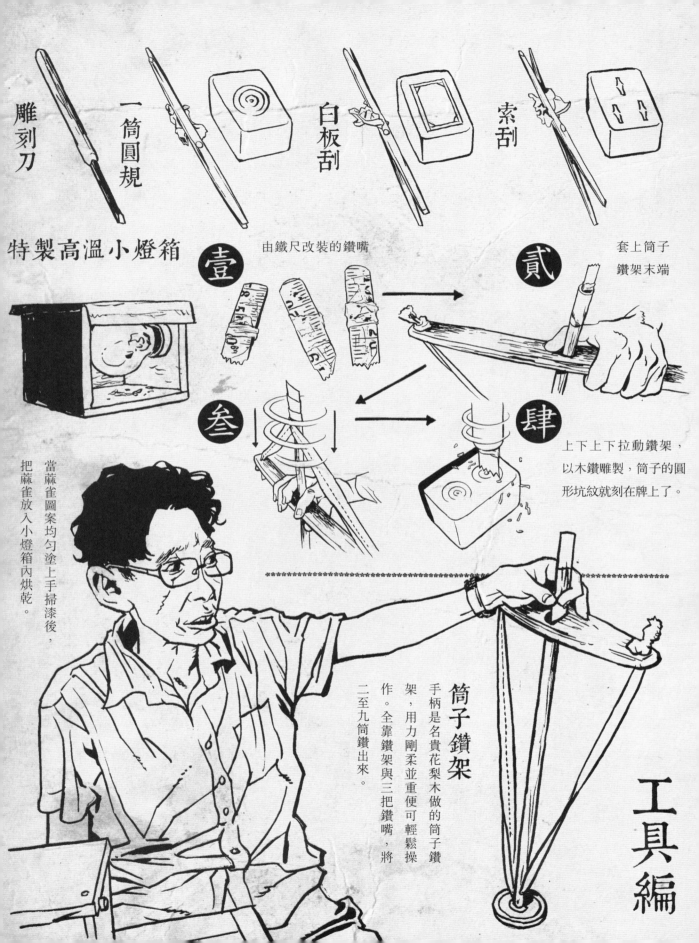

雕刻刀

一筒圓規

白板刮

索刮

特製高溫小燈箱

由鐵尺改裝的鑽嘴

壹

貳

套上筒子鑽架末端

叁

肆

上下上下拉動鑽架，以木鑽雕製，筒子的圓形坑紋就刻在牌上了。

當蔴雀圖案均勻塗上手掃漆後，把蔴雀放入小燈箱內烘乾。

筒子鑽架

手柄是名貴花梨木做的筒子鑽架，用力剛柔並重便可輕鬆操作。全靠鑽架與三把鑽嘴，將二至九筒鑽出來。

工具編

# 郭記木器雕刻

圖/文：SiSi Li

郭記木器雕刻是油麻地一間專門雕刻酬神用具的店舖。郭一邊師傅的家鄉是木器雕刻之鄉東陽，他從十多歲開始已學習木雕，至今已有超過四十年的木雕經驗。訪問當天，他便在為神牌雕字，看其純熟的技巧與剛健的力度，便深明傳統手藝的傳承價值。

# 神主牌製作

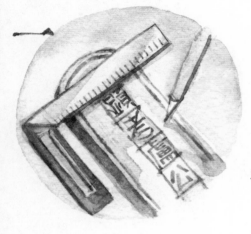

一

起先用角尺劃定位置，再用墨水筆寫好要刻畫的字。

上漆待乾

五

二

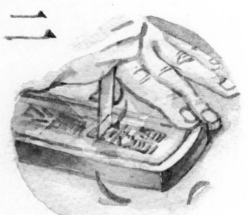

郭師傅只需數刀，就能刻出工整有勁的字體。

最後貼上金箔，便大功告成。

三

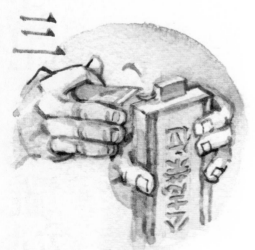

修邊，確保（榫位）完美。

# 木刻補充

## 木材

一般雕刻用的木材有樟木、椴木、杉木、紅木、楠木、沉香、花梨木等。一般木材需存放兩年待自然風乾後，才開始雕刻。

## 刻刀

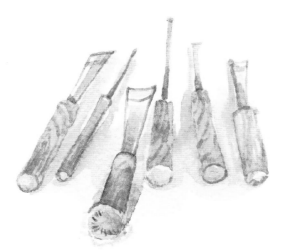

看刻刀就知道一位師傅的功夫，沒有鋒利的刀是雕不出好東西的。

## 學徒

隨著木雕工序的北移，現在香港的木雕師傅已愈來愈少了，而且也沒年輕人入行。幸好，郭師傅的侄仔願意跟他學習木雕手藝，現在有部份雕刻工作已交由他處理。訪問當天，他正在專注磨刀，是「工欲善其事，必先利其器」的最佳寫照。

# 莫問蒼生

圖：Steven Choi
@陌室五月
文：Jasper Wai

墓碑雕刻技藝——被列為香港非物質文化遺產之一。

傳統中國人重視喪禮儀，對於墓地的造型及花樣雕刻亦很講究。古代「墓而不墳」，習慣將先人遺體埋葬於黃土下，地面無標誌豎立。隨時間演變，人們開始於地面堆土為墳，便衍生了墓碑。

石製墓碑多用於土葬墳墓或骨灰龕，其基本設計跟風水學有密切關係。

墓碑雕刻在石碑上，此過程又稱為「鑿」或打。

墓碑製作費可貴可平，視乎選用的石材和手工。（由於石材價格不菲）一塊純石製的墓碑，動輒價值數以十萬，若要附加頂蓋，行內稱為「石亭」，費用更為高昂。故此一般石碑並非全由石製，通常以石板混入石米造成。

碑石尺寸方面，必須跟從魯班尺，吉字尺數方能用。碑文中先人名字一欄需要跟從「生老病死苦」的傳統規定，總字數該為六或七。

墓碑雕刻師傅工作刻苦，石廠內的工作涉大量塵粉及手部勞動，均對身體構成嚴重影響。據統計顯示墓碑雕刻師傅離婚率較其他行業高。唯現時墓碑製作已經完全機械化，亦欠新人入行，香港現今只餘兩三名人手雕刻墓碑的老師傅。

墳場幹活沒有什麼忌諱，有云「莫問蒼生、莫問鬼神」。

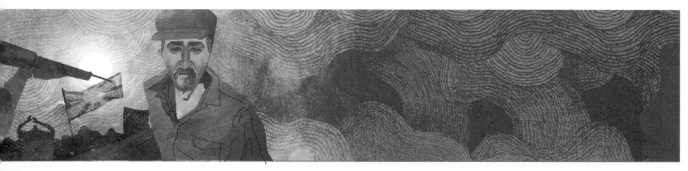

## 碑的規範寫法：

在先人的名字前，要寫上「陽上」，意指我們。陽上人的稱謂一定要和先人的關係對應。父親去世了，不能寫亡父，要稱為先考或顯考。父稱考，母稱妣。此外，先人名字須按紅黑道的傳統規定，總字數要為六或七。所謂紅道是「生老病死苦，神靈鬼哭哀」，黑道是「路遙幾時通達，道遠何日還鄉」。

碑文種類 —— 自漢朝以後，刻碑風氣盛行，碑文的種類繁多，體裁大致歸納為功德、墓、紀念及記事四類。

碑文方式 —— 不能寫同音字，或異體字。書寫要工整。工匠多數以宋體美工字（或稱匠體字）為範本，筆劃分明，接筆順寫，不能塗改。

墓誌銘 —— 通常由標題、正文和落款組成。標題乃先人名字。正文內容包括三個要點：首先，簡單介紹死者的生平經歷；然後是對死者成就及其社會價值的評價；最後以立碑的意義作結，並表達對死者不幸離世的哀悼。落款一般會註明立碑的單位名稱、撰文者姓名，及署上成文日期。

碑石大小 —— 須跟從魯班尺，通稱「文公尺」。長一尺四寸一分，以生老病死苦五字為基礎，劃分為八格，各有凶吉，依序為：財（錢財、才能）、病（商災、病患、不利）、離（六親離散分離）、義（符合正義及道德規範，或有勸募行善）、官（官運）、劫（遭搶奪、脅迫）、害（罹患）、本（事物的本位或本體）。不是吉字尺數就不能用。

無名氏墓碑 —— 多數香港墓碑雕刻師傅都有雕刻過身份不明或尚未了解姓名的亡者的經驗，尤以一九四一年抗日戰爭期間為多。

街頭修錶

麵粉公仔
師傅

吹糖波

# 街頭修錶

圖/文: Miloza Ma

滴答, 滴答, 時間飛逝, 在人來人往的街頭上, 一個沒人留意的角落, 藏著老香港的情懷。一個修錶師, 坐在長街中的夾縫裡, 讓時間從縫隙中流過。他們不需要時間, 時間寄託在修錶裡。找伯伯修理手錶的人不是上了年紀就是拿著舊有的一份情來這裡維修。此時此刻, 這一份工作已完全成為了伯伯的日常寫照。

換手錶帶
換手錶電池
換車匙電池

當修錶伯伯打開工具箱時，我真的兩眼發光，箱裡的工具多得不能形容。心想伯伯的手藝來頭一定不少。從他的工具箱看，相信大部份已用了很長時間，不是生鏽的就是崩裂了。每一件工具，看似簡單卻又深藏不露；簡單的手藝，實情也是需要長年累月的經驗累積而成。

鑿刀

壓蓋器

雙頭掃

拆錶器

開錶器

掃塵掃

放大鏡

開底蓋撬刀

尖嘴鑷子

尖嘴鉗

平頭螺絲批

錘子

撬刀

底蓋模子

蟲黑絲批

氣泵

LITHIUM3V

PLACE WATCH HERE

LITHIUM3V
SILVER 1.8V

電流測試器

CELL TESTER

1.5V  3V

電池測量器

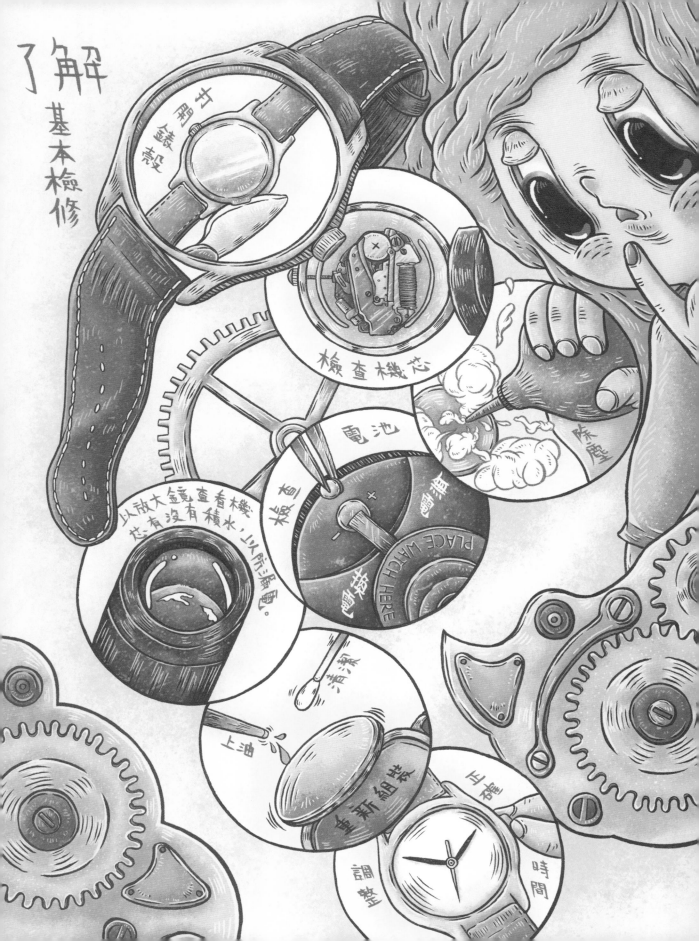

# 麵粉公仔師傅

從小住在九龍城，因為沒有鐵路，如果要過港島區，基本上只有乘坐過海巴士。而通往過海巴
士站，必要經過「世運公園」的行人隧道，隧道裡必會坐著一個製作麵粉公仔的伯伯，姓劉，
十多年來他總是在搓麵粉，做麵粉公仔。小時候看到這些一枝枝的麵粉公仔，會被吸引得目
不轉睛，當時還以為能吃的！而公仔的造型並非神話人物，而是魚、小鳥、妖精或某些自創
人物。這時候我就會嚷著要媽媽買，但沒有一次成功。

# 麵粉公仔製作裝備

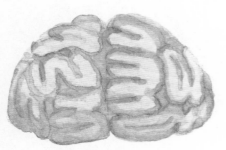

充滿創意的腦袋

**水**
用來開麵粉

**巧手**
做出無數不同造型
麵粉公仔的一雙手

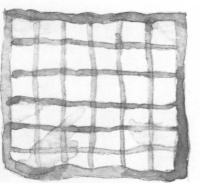

四角小毛巾

劉伯先將麵粉開水、搓勻，然後用剪刀剪開數件上色，之後就製作造型，先搓成所需的形狀，需要時用水接合，用梳造成紋理和細部，最後把竹籤串上，待乾就完成。

**梳**
製造紋理
（例如魚鰭）

竹籤

金屬剪
剪開麵粉及
修飾造型

多功能木櫃組合
裝載用品,
製作和展示公仔的枱面,
另一小木箱收納在
大木櫃中,
小木箱作為座位。

塑膠杯
麵粉上色,調色用。

雖然現在我已經搬離九龍城，但是我偶然會回到這裡。重遇劉伯，彷彿時光倒流一樣，看得見小時候的情景。今時今日他還繼續做公仔，但是年紀已不輕了，也許只是為了過日子或滿足興趣才會繼續做，而且只會做一款麵粉魚公仔，一枝還只是賣五元，我也會買一枝以作支持及表示對這門手藝的欣賞。當劉伯都退休的時候，或者麵粉公仔從此就會消失於香港這地方。

吹糖波波

中獎容易

每逢大戲活動，糖姨都會帶著一個小木櫃，為看戲的大人小孩帶來歡樂。糖姨會在米糖坯上拉出一條幼管，並把糖坯吹成半透明的糖波波！無論挑戰成功與否，每人都可以得到不同的捏糖公仔作獎勵。

一吹即獎

圖／文：dirty paper

157

糖塘婆會先予備煮熟的麥芽糖。加入天然染料，纏成五種不同味道的糖坯。

無帶錢，暫停一次。

糖坯纏冷，暫停一次。

把吹起的糖波放到直徑七厘米的不銹鋼圈內

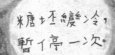

選擇糖坯的顏色、味道

小酒精爐為糖坯加熱

糖姨會揪出一小份糖坯,用手指將糖坯窩成一個斗形,抹上食用粉,封著斗形後,拉出一個細糖管。

接過糖坯就要用陰力將塘坯吹大

大獎

細獎

用手將不同顏色的塘坯捏成不同的形態,再用剪刀剪出各個造型,由於熱糖坯兩三分鐘後便會變硬,所以動作一定要快!

創

香港 FIGURE
之父

手造鼓師傅

皮革手作人

栽種生命樹

圖／文：高聲

## 香港 FIGURE 之父

Michael Lau 劉米高，本名劉建文。
我稱呼他為「劉生」，比較尊重。
上網搜尋有關劉生的報道，一九九二
年畢業於設計學院，曾經做過廣告公
司，搞過畫展，攞過最有前途大獎，
之後轉而從事人形設計。

一九九九年他推出了成名作
101 隻十二寸 Gardener 人形
系列，由於公仔造型緊貼潮
流，頓時令玩具及潮流界眼
前一亮。

中學時期，我深受
劉生的作品薰陶，
不論是 LMF 的海報
及唱片設計，或只可
以在櫥窗看到的六寸
Gardener 搪膠人形，
也為之著迷。

出社會工作後，有
幸結識劉生，參觀過
他的工作室數次，可
以進一步認識到人形
的製作過程。

當做這書時，當然就
想起劉生。

劉生話小時候窮，農村家庭，冇咩玩，會搓下泥膠，或在鐵皮屋畫下塗鴉，但不是 graffiti，而是畫天下太平、飛機大砲，乜乜乜……等。放學之後，他會去漫畫舖打書釘，然後又嘗試畫漫畫。

讀完設計後，因為識少少畫畫就被稱為插畫，之後又演變成畫畫，再之後是做人形。

他說他是興趣行先，是慢慢發展到現在成為人形職人的。

劉生說大概可以將其職場分成「興趣」及「搵食」兩面。「興趣」，是指全手作，以自己的方式做人形。就以十二寸 Gardener 為例，第一，先有構思概念，再用紙筆畫草圖進行設計。

直到草圖發展成熟就會在格仔紙上畫人形的「六面圖」，即正面、背面、左、右、頂視、底面。因為想盡量細緻，所以會畫足六面。

同時，也要搜羅人形的素材，一般已經買了一大堆，以備不時之需。此外，也會去灣仔太原街買舊玩具，如美軍可動人形，換去頭、手掌、腳板部份，再改用他自己製作的部件。

深水埗賣首飾原料的舖頭亦是入貨地，如買鏈做人形的手鏈、頸鏈和耳環等。

之後，會再去深水埗布檔買布，做人形的衫褲。如果找不到適合的布，就會直接剪爛件衫攞去整。而人形的頭髮亦會由絨布做。

「搵食」，即是當你從興趣變成職業開始成功，你就可以繼續發展，去賺錢。繼續以六寸或其他搪膠人形為例解釋。

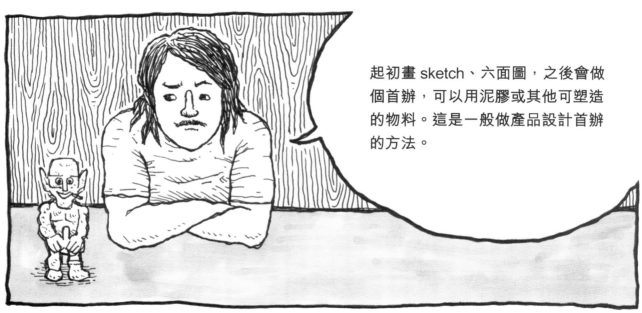

起初畫 sketch、六面圖，之後會做個首辦，可以用泥膠或其他可塑造的物料。這是一般做產品設計首辦的方法。

先用發熱線切發泡膠做個基礎外形，再剉飛機木貼上發泡膠，修飾外觀。完成後，就拿去廠做模。

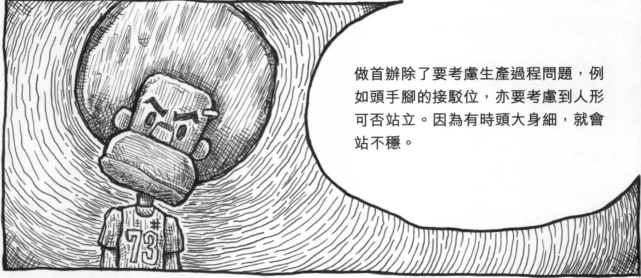

做首辦除了要考慮生產過程問題，例如頭手腳的接駁位，亦要考慮到人形可否站立。因為有時頭大身細，就會站不穩。

做完模，就會出個生產辦，測試物料在生產過程中有沒有問題，沒有問題才可以做量產。當量產完後，劉生有時會在製成品上簽名，並為人形加上表情，以增加手作氣味。

以前沒説什麼行業，個個都是做廣告公司，到沒有得做就轉做個人創作。而劉生，就做人形。現在人形已比較公司化，如製作電影角色或動漫畫角色。

比較之下，消費者會選擇較細緻、可玩性也比較高的人形。而劉生，會認為自己的人形精品性比較高。

近年，劉生已減少創作人形，而多做雕塑類藝術品。

其實創作過程也差不多。劉生說：「不會讓任何東西規範創作，最重要是概念、腦和雙手。」

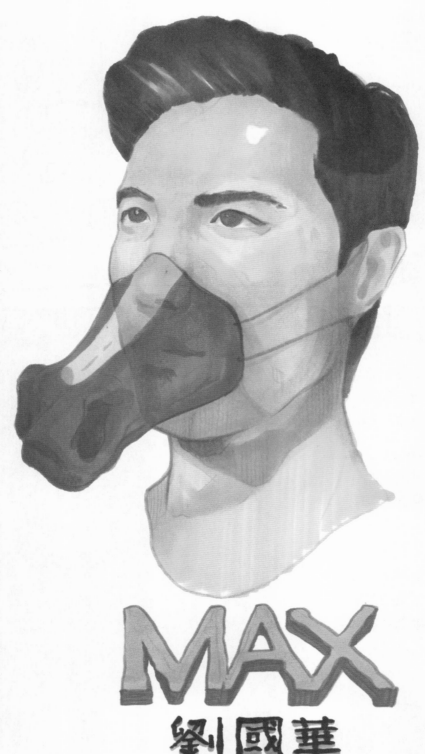

MAX

劉國華
手造鼓師傅

圖／文：Tim@Smile Maker

# 拼板軍鼓的結構

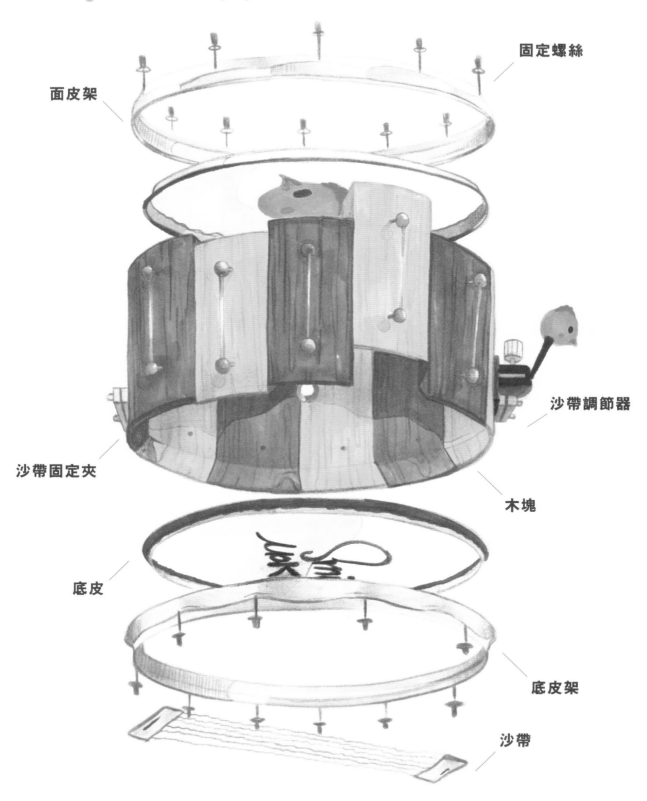

面皮架

固定螺絲

沙帶調節器

沙帶固定夾

木塊

底皮

底皮架

沙帶

傳統手工藝日漸式微，但香港仍有不少人選擇留在行業中，除繼續堅持手造外，也致力開辦課程，以使有興趣的人能參與其中。Max就是其中一員。

問：為何喜歡自己手造鼓呢？

Max：起初學鼓，在下課的時候見到打鼓的何日君師傅在洗手間裡埋頭苦幹，好奇心驅使下查問，發現師傅原來在研究製作一個軍鼓。自己就不期然開始想，究竟一個軍鼓是怎樣製造出來的呢？起初以為製作很簡單，但原來製作軍鼓是包含了各式各樣的知識在其中。後來師傅邀請我一起製作，便慢慢開始培養出興趣，繼而慢慢走上造鼓之路。現在跟師傅在Drum Map開辦課程，以讓更多有興趣製作屬於自己樂器的朋友參與。

問：自己製作的第一個手造鼓，有沒有留作紀念？

Max：沒有。因那時對一些專業的知識未夠了解，所以很多工序都做錯，每個工序其實都需要很準確地完成，最後原件已經千瘡百孔，在自己接受不了的情況下，便將之扔掉。其後再報讀外國課程，修正錯誤的地方，亦加強了自己的技術。

問：你覺得做一個手造鼓，哪一個部份最難製作呢？

Max：我覺得製作Slave Snare最難，因為要將每塊梯形的木頭合併成一個圓形的外邊，木頭與木頭之間合併的角度需要一致與配合，即使只是其中一塊相差零點一度，也很難製造出圓形的外邊。所以，我覺得這個部份最難。

問：最有滿足感又是哪一個部份呢？

Max：最有滿足感，亦是看見一個圓形木件製成，因為難道最高。由方變圓需要投放很多心力，這也是最想完成的部份。

問：大概需要多久完成這個步驟？

Max：大概十四小時。

問：不同密度的木質合併所製作出來的鼓，會否出現特別的聲音？

Max：首先，即使以相同步驟採用同一種材料製作，每個鼓製作出來的聲音都有所不同。所以未到最後，也很難斷定聲音將會怎麼樣，每次也只能享受與期待完成的作品可能帶來喜歡的音色。

問：最深刻的製作經歷？

Max：通常都是錯誤的經歷最深刻。曾經有一個客人訂了一套五件手造鼓，到最後一個步驟製作一個Floor Tom的企腳時，竟打橫裝上了，最後當然是要重新再製作一個新的Floor Tom。這是所犯過的最低級錯誤，現在想起也只能苦笑。

問：有沒有客人令你留下深刻印象？

Max：曾經有一個女孩為了給打鼓的男友驚喜，親手造了一個鼓給他作為生日禮物。

問：喜歡手造嗎？對逐漸式微的傳統手藝，有什麼話想說？

Max：希望多點人信任和支持本地創作！做手工藝其實是一件很辛苦的工作，從未試過落手落腳做，很難感受到那種付出和心機。每一件作品中也蘊含著手工藝人的血汗，希望大家可以多支持及尊重本地的製作。

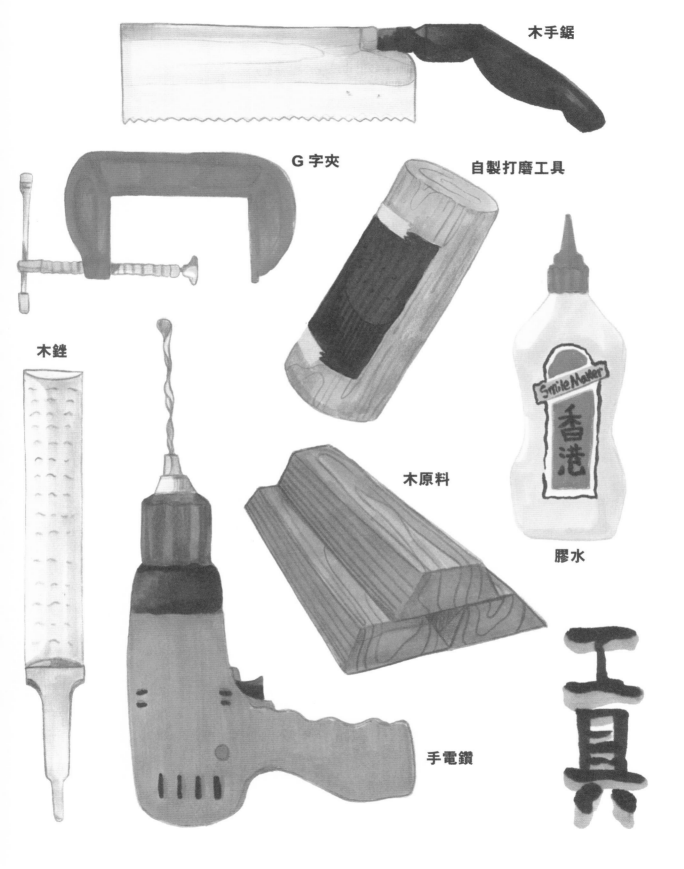

木手鋸

G 字夾

自製打磨工具

木銼

木原料

膠水

手電鑽

工具

# 皮革手作人

## — MOMO —
## Butcher Lab
### 主理人

圖/文：
高聲

除了有做
皮製品外，
亦會舉辦
皮革workshop。

這裡就是MOMO
的工作室。室內有
很多儲物的櫃仔
木桶，每一件東西都擺放得清
清楚楚，井井有條；此外，這裡也有
很多vintage的物件，好鬼靚！

MOMO媽媽告訴他,在他三歲的時候已經配釘鈕;小學時,鍾意織手繩;升上中學,就織冷衫。因為識畫公仔,一九九九年就去了讀設計,才正式接觸衣車。當時讀的是時裝設計,經常拿著個大不織布袋,既不方便也不安全。

ZZZ...

然後,
他按自己需要車了第一個袋。
自此之後,他就喜歡上車袋,特別是實用的袋。
近年,MOMO不單做皮具,
亦會做布的產品。

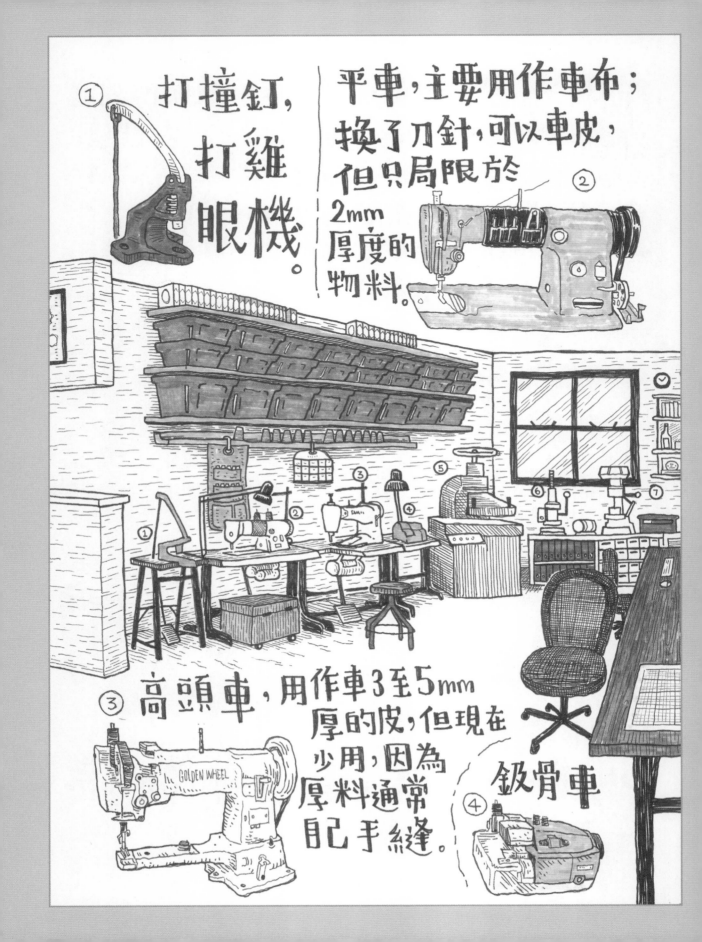

① 打撞釘，打雞眼機。

平車，主要用作車布；換了刀針，可以車皮，但只局限於 2mm 厚度的物料。

② ③ ④ ⑤ ⑥ ⑦

③ 高頭車，用作車 3 至 5mm 厚的皮，但現在少用，因為厚料通常配手縫。

④ 鈒骨車

GOLDEN WHEEL

除了教班，MoMo亦會按客人要求做袋，每個袋都有獨特的設計。MoMo強調自己是手作人。

染皮位置↓ 放皮的架↓ 不同種類的復古皮箱↓

罐罐呢？人類！

他從小開始培養這門手藝，無論
紙樣、裁片、手縫、機車或鈑骨，
每個步驟都是用心製作，是歲月累積的經驗。

栽

在社區經營
共知的

蕭先生籍貫
　李嘉誠的同
　邵氏道具部
　來轉行打政
花草草，之
把園藝知識傳承

180

# 種生命樹

圖/文：李香蘭

的老店看似樸素平庸，但其實高手雲集，像這間為沙田友
「永峯花店」，老闆蕭先生原來是資深的花王園藝師。

朝州，開花店三十三年，自小喜歡在山上種植，兒時更因是
鄉，而經常到他家拿　　　　膠花去穿！十九歲時，在
當木工學徒，拍　　　　過電影，做過警察，後
府工做花王，自　　　　此畢生醉心研究花
後更自立門戶　　　　開設花店，到今天開班教學，
下去。

## 買過盆栽的你，一定試過「種死」植物，有請蕭生過大家幾招！

要了解香港屬於亞熱帶地區，首先要選來自同樣氣候地區的品種來種植。如果想種歐洲偏寒冷地區的植物，便需要溫室栽種，成本也相對較高。

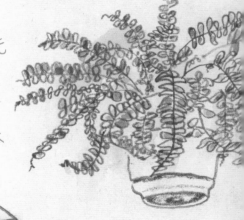

至於花藝，其實只屬園藝知識的四分之一。蕭生說：「因為花花世界，你想點襯都得，但盆栽便不一樣，涉及泥土、肥料、修剪和插枝。」

## 室內和露天植物種法大不同：

室內植物吸水力是 1 / 10，所以十日淋水一次。

露天植物吸水力是 10 / 1，所以每日淋水一次。

室內植物 日日淋水　　　　假設　　　　露天植物 日日唔淋水

未死　　　　DAY 1　　　　　　未死

未死　　　　DAY 2　　　　　　都未死

快死　　　　DAY 3　　　　　　死了

開始爛！　　　DAY 4　　　　　　枯萎

丟得！　　　　DAY 5　　　　　丟得！

但為了改良品種，加快室內植物的生長速度，有時會選擇把它們放到溫室培植。事關無風吹雨打，又無蚊蟲，自然大得快！但換來的後果是，日後再放到室外，一遇到風浪，因未受過衝擊，便好快打殘。蕭生更將此道理應用到現今社會問題上。

# 不做溫室孩子！

「溫室是不能用來培養小朋友的！他們遇到挫敗，心靈好脆弱，一下子頂唔順就輕生！」

所以，我們改良泥土，使得其重量足夠應付強風的吹襲；當根基抓實泥土，自然像紮馬一樣穩固。人的根基當然是從父母管教、愛心、健康食物和充足運動來打穩！無論是植物和人都要裝備自己！

「學識行路，仲要識踩ＢＭＸ單車和滑浪來鍛鍊自己！當遇到難關，都唔會腳軟。技能多和體力好，生活自然多姿多彩啦！」

# 花束包裝示範：

2. 溫柔地撕走玫瑰表面的花瓣和去除白的花蕊

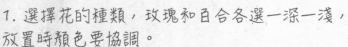

3. 襯花有毋忘我，桔梗和滿天星。

1. 選擇花的種類，玫瑰和百合各選一深一淺，放置時顏色要協調。

4. 龜背葉用作襯底

5. 用橡筋把所有花綁好

6. 修剪底部長度至一到

7. 然後用棉花包好保鮮

8. 入膠套後，用膠紙包封，既可固定位置，又可防止水份流失。同時，整理花的整體形狀。

9. 花紙有主次之分，量度位置摺好大小，再包上面紙遮掩。把紙弄皺打摺，營造出立體感，像時裝設計一樣。

10. 固定後，用雪梨紙包好底部，綁上紙帶。

11. 最後噴上清水，大功告成！

# 回到現實

花店受歡迎，生意好，靠實力靠口
的喜好，也陪伴著區內的小朋友
們帶來快樂和安慰。但很可惜近
業的危機，街坊都含淚不捨。

一群當年努力建設香港，今天仍自
營沒得繼續工作的困局。到底政
到希望，敢學敢做敢闖呢？

# 花店

也靠真感情。相識三十載，蕭生很了解街坊
長。老人家，幾蚊一支觀音竹，已足夠為他
因管理公司不斷加租，令蕭生的花店面臨結

更生的老師傅，面對租金高昂，店舖無法經
何時會解決問題，為市民開路？讓新一輩看

後記：
「一講大自然，佢就嚟喇！佢好乖㗎！」
訪問期間居然在植物中跳出一隻金絲貓！蕭生
興奮地與這童年玩伴相認，捧在掌心玩得不亦
樂乎！我還是第一次跟蜘蛛形狀的生物玩耍！
好刺激！

# ┃著者簡介┃

**Dirty Paper**

由立和強於二〇一〇年組成，作品圍繞回憶、自身經歷或身邊種種荒誕的事情，透過繪畫呈現。曾於奧沙畫廊舉辦展覽《過去式》（2013），作品由畫廊及私人收藏。

**Coney Leung**

九〇後香港人。畢業於洛杉磯 Art Center College of Design 插畫設計系。曾為 Olympus Camera、字花、AsiaArtPacific 等製作插畫。作品曾入選 Society of Illustrator New York、3x3 等插畫比賽。

崇尚簡單真實自然，慢生活。用細膩的方式繪畫似實而虛的空間場景。喜歡把日常生活和旅途中的小發現，悄悄地藏在畫作裡。透過畫表達一些想法，一種生活態度，聽了一首歌的感動，甚至只是對一個單字的聯想。

網站：coneyleung.com

**Katie Ying**

視覺藝術家，在香港成長。在二〇一〇年開始至今，她繪畫了多個系列的繪畫作品，是表達個人思緒和對生活的感受，探索個人內在情感，無論淨潔或沉重的畫意，都是作者每一面的自己。除了藝術性的繪畫創作，Katie 是多元創作人，從事插畫和設計工作。二〇一五年與電影迷創立電影音樂主題藝術團隊 Animovie。Animovie 是虛擬影音店的名稱，作品主要圍繞 Mr Bear 及其他一眾店員，透過他們的畫作重新演繹各種電影、音樂及生活感受。

網站：katieying.com

### Kila Cheung

生於香港，於香港理工大學畢業，他熱愛運用繪畫、雕塑媒體來創作，作品常見於本地雜誌，於二〇一三年開始持續與玩具品牌How2work合作推出藝術玩具系列《小明》，於二〇一五年推出自己首本圖文小誌《小明》。

他認為人應該不要太成熟，要保持好奇心，有勇氣反叛，有時間發夢。

網站：www.kilacheung.com

### 高聲

一九八六年出生，香港人。自小喜愛畫畫和漫畫，中五畢業後，修讀平面設計，其間獲得香港設計師協會（HKDA）「Design Student of the Year - Running Up」獎項；畢業後，任職平面設計和插畫工作。二〇一一年辭去工作，參加新鴻基地產與三聯書店合辦的「第三屆年輕作家創作比賽」；得獎後，出版了漫畫作品《富中作樂》。現已重新投入職場，以工餘時間繼續創作。二〇一三年，更與九個香港創作單位合著《土製香港》一書。

### 林祥焜

集漫畫家、音樂人、平面設計藝術家、玩具設計師、時裝設計師、分鏡繪圖師、專欄作家及節目主持等多個身份於一身，是香港土生土長的一代流行文化中堅分子。一九九四年出版了首本個人漫畫作品《不夠水準》，緊接出版的《菓醬》及《超人先生》更是林祥焜的代表作。

二〇一六年林祥焜正式加入香港跨媒體創意團隊野士創工，成為美術總監，創作涉及漫畫、VR遊戲、產品、短片及電影等多樣企劃，全力於跨媒體世界發展。現正為野士創工舉行的漫畫大賽「HERO野士漫畫大賞」進行製作，及擔任大會指定評審。

**李香蘭**

於香港下禾輋鄉村長大，從小與昆蟲和貓狗為伴，夏天與螢火蟲一起睡覺。李香蘭喜歡觀察人和聽故事，她的畫風自由奔放，亂中有序，擅長以豪邁線條捕捉當下的狀態。出版繪本包括《上·下禾輋》（2009）、《尋人啟事上·下冊》（2012）。出道七年間舉辦過五次個人畫展，作品題材環繞大自然和城市的關係，也希望藉此拉近彼此距離。同時，是藝術導師的李香蘭，熱衷和小朋友到處寫生作畫，深信學習欣賞小事物，是奠定心靈成長的基石。現積極投入社區創作，以藝術和這城市共同進退。

facebook：李香蘭生活研究房

**Lokz Phoenix**

香港插畫師，鍾情裸體及大自然之物，喜以水彩作畫。

現居巴黎。

網站：www.lokzphoenix.com

**Miloza Ma**

現為插畫師及角色設計師，也專注將插畫及角色設計塑造成立體人偶，是位多元化創作人。

沉迷宇宙及新時代學說，從而啟發出新的形態和概念靈感。

現希望透過作品進一步表達對宇宙觀和靈魂的未知境界。

## Paul Lung

生於七十年代，成長於中上環，繪畫是一生人的興趣，主要喜歡寫實派風格。但寫實畫平均每幅需時二、三十天去完成，因此平日愛用速寫去記下日常事。

一直深信任何人都可以繪畫，沒有天份不天份，只有投入與不投入；亦沒有美與不美，只有喜歡與不喜歡。

「繪畫給予我很多很多，無論日間工作或生活有多大壓力，能回家畫一畫，所有煩惱都消失殆盡。繪畫不需要比較，但可以欣賞學習別人的作品，因每一幅畫都應該先為自己的快樂而畫，那樣每一幅畫都會注入自己對事對人對物的感情記憶。」

facebook：paullungart

## Pen So

土生土長的香港插畫家和平面設計師，曾參與多本小說插畫和漫畫工作。榮獲第七屆原創漫畫新星大賽——繪本組冠軍及第三屆漫畫研集營優勝獎項。曾舉辦《本土回憶》個人畫展，個人作品包括：《香港災難》、《軌魂》、《魅醒》等，參與書本有《漫畫大師班作品集》、《宅時代》、《黑漫畫》等。

## 畢奇

半個童年在香港渡過，半個童年在加拿大渡過，在兩個不同的文化裡成長影響了她在創作上對存在價值和歸屬感的探索。畢業於加拿大 Emily Carr University of Art+ Design，隨後回港發展。畢奇現為一位自由藝術創作人，品牌「Pookie」創辦人。畢奇的作品多是帶著兩面——善與惡，愛與恐懼，畫作徘徊在可愛與黑暗之間，圍繞著表達心靈和情感上的探索。

網站：www.hellopucky.com

### Sisi Li

香港長大，現職自由插畫師，對自己的事業充滿熱情，喜歡手繪插圖。剛畢業時，從事平面設計師的工作，幾年後有幸投身自己較感興趣的插畫師行業，並在插畫師李秋明的指導下，從事商業插畫工作。參與包括偉格及中糧等包裝插畫，以及廸士尼、稻香和亮視點等廣告插畫項目。

現在英國工作假期中，在中西文化衝擊下，一點一點了解自己，發現和磨煉個人風格。她擅長以水彩繪畫迥異的人物，表達生活中領悟到的意趣。

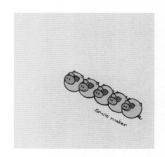

### Smile Maker

香港本地藝術團隊——Smile Maker，相信藝術能令我們的生活變得更美好。運用城市的牆壁去傳遞訊息、一份正能量，甚至一個微笑。

### 葉偉青

生於首個地球人登月之年，畢業於香港理工大學設計系，主修插畫。在設計行打滾沒過多少個年頭便轉職電腦遊戲界，負責美術指導工作。二〇〇〇年加入意馬動畫工作室擔任創作總監，參與作品包括電視動畫劇集《時空冒險記》、Father of the Pride，以及動畫電影《忍者龜》及《阿童木》。二〇一〇年加入夢馬工作室，主編《武道狂之詩》漫畫版至今。現職自由創作人，主力漫畫、概念設計及插畫工作。

## 009

插畫家，漫畫家，自小喜愛文化藝術，其作品深受日本及歐洲等地影響，作品風格處於真實與幻想之間，獨特而且流露出溫暖的感覺。

009 於多個不同媒體發表其連載作品，當中包括 *AM730* 及 *Milk* 等，並已出版多本 009 系列繪本。近年，舉辦了多個畫展，同時與不同品牌合作推出產品。

**陌室五月**

### Heidi Yu

自幼喜愛畫動物和動漫畫。初中開始參加同人展，在二次創作與原創之間兩邊走。為「黑色世外桃源」創辦人，又名「黑桃」。現正從事平面設計和插畫工作。近年喜歡研究神祕學，一邊尋找靈感，一邊探索世界。

### Steven Choi

土生土長香港插畫家，自幼喜歡作畫，自學研習以不同風格創作。中學畢業後從事平面設計及廣告工作逾十載，四年前起逐漸活躍於插畫界，著有 *Pi the Wanderer*（二〇一二年德國法蘭克福書展參展作）、*Zu & Pi* 及同系列之相關插畫。定期於本地、日、台、海外等參與不同展覽，務求多作新嘗試。

| | |
|---|---|
| 責任編輯 | 李宇汶 |
| 書籍設計 | 姚國豪 |

| | |
|---|---|
| 書　　名 | 土製手藝 |
| 策　　劃 | 高聲 |
| 著　　者 | Coney Leung、Dirty Paper、Katie Ying、 |
| | Kila Cheung、高聲、林祥焜、李香蘭、 |
| | Lokz Phoenix、Miloza Ma、Paul Lung、Pen So、 |
| | 畢奇、Sisi Li、Smile Maker、葉偉青、 009、陌室五月 |
| 錄音整理<br>（蔴雀／旗袍） | 陳穎怡 |
| 出　　版 | 三聯書店（香港）有限公司 |
| | 香港北角英皇道四九九號北角工業大廈二十樓 |
| | Joint Publishing (H.K.) Co., Ltd. |
| | 20/F., North Point Industrial Building, |
| | 499 King's Road, North Point, Hong Kong |
| 香港發行 | 香港聯合書刊物流有限公司 |
| | 香港新界大埔汀麗路三十六號三字樓 |
| 印　　刷 | 中華商務彩色印刷有限公司 |
| | 香港新界大埔汀麗路三十六號十四字樓 |
| 版　　次 | 二〇一六年七月香港第一版第一次印刷 |
| 規　　格 | 大十六開（196mm × 258mm）二〇〇面 |
| 國際書號 | ISBN 978-962-04-3960-5 |

© 2016 Joint Publishing (H.K.) Co., Ltd.
Published in Hong Kong

三聯書店
http://jointpublishing.com

JPBooks.Plus
http://jpbooks.plus